海外小説 永遠の本棚

クローヴィス物語

サキ

和爾桃子＝訳

白水uブックス

THE CHRONICLES OF CLOVIS

by

Saki

1911

クローヴィス物語＊目次

挿絵＝エドワード・ゴーリー

クローヴィス物語

心ならずも私と同居してくれた山猫の仔に
愛をこめて本書を捧げる

H・H・マンロー
一九一一年八月

序文

いいものには世間と共有したいものと、自分ひとりの胸にしまっておきたいものがある。例えば、お気に入りの穴場レストランはひたすら内緒にして、よほど親しいごく一部の人にしか洩らさない。逆に、とっておきの船酔い特効薬はサーペンタイン池の渡し舟に乗る手前でちょっと立ち話した人にさえ、誰かれなしにさあどうぞと突きつけるものだ。本にも同じことが言える。大の愛読書であっても、晩餐の席で隣合わせた人たちにとうとうと教え、絶対面白いから読んでくださいと強力に推薦する本があるかと思えば、同じぐらい大好きなのにひたすら沈黙を守り、うかつにひとが誉めようものなら自分が発見したありがたみが減るのではないかと心配する本がある。少なくとも私にとって、「サキ」著作群は後者に属する。

サキを見出したのは、彼が世に出始めて早々の（こうして思い出すのも楽しい）ウェストミンスター・ガゼット紙だった。しばしごめんをこうむって、涙とともに一九〇〇年代初頭の黄金の日々を顧みれば、あのころは一晩に届けられた娯楽系夕刊が五紙あったが、サキというフリーランス文筆家はもうそれらの媒体を卒業していたかもしれない。そして、彼が母校とみなしたのがグローブ紙かペルメル紙のどちらにせよ、グローブ紙やペルメル紙のほうでもいつか同じほど誇らしげに自分のことを語る日が来るだろう、と信じていた。かくいう私はそのころセント・ジェイムズ校を出たばかりで、プライドが邪魔をして他校出身者にろくすっぽ興味を持たなかった。そこへ、ウェストミンスター・ガゼットに聞きなれない名の新人があらわれて私の目を惹き、彼の話を読んだ。わが母校の名高い同窓生たちなら、目をつぶってもすらすらと名前が出てくるので、自信たっぷりに、J・M・バリーに始まり、今となってはまことに覚束なくなった私自身で終わる名の列記を唱えて心の平静を保った。のちに、この海外出身の新人が非凡な進境をみせたと聞き知ることになり、オックスフォードのローズ奨学生はどうも大人げなくてねとケンブリッジ出身者がこぼすのにも似た複雑な感情を抱いた。このウェストミンスター・ガゼットのフリーランス文筆家は、三十代になると向かうところ敵なしとなったからだ。まさに無敵の書き手だった。

ともあれサキを見出したのはそんな次第だったが、話したのはお気に入りの友人ごく一握りにとどめた。一つには不安があったから（それはいまだに強く残る）。当人が自分の呼び名をセイキ、サーキ、またはサキのどれにしていたのかわからず、したがってうかつに口に出せなかったからかもしれないし、さもなければそれ以外の人は彼の読み手にふさわしくない、と感じていたのかもしれない。だが、いかにも知性豊かな人と初対面で会った時に、「サキをお読みになったことは？」と訊かれ、まったく同じ発音で、相手よりさらに数等も謙遜してこう答えるのはなんと小気味がいいことか。「サキですか！　何年も前から大好きですよ！」

同じ道を志してがんばるその他大勢のわれわれにとって、このサキは風変わりな異国情緒豊かな怪物である。というのも私たちがあまりに英国的なのに対し、彼は恐れをなすほどコスモポリタンだからだ。私たちが襟《えり》留めピンやお湯入り魔法瓶などで狙い通りの受けをとろうとしているのをしりめに、彼は狼男や虎などをネタにしてはるかに面白い効果を出す。われわれの書くささやかな対話はジョンとメアリの間で交わされるものだが、そこへいくと彼はバーティ・ヴァン・ターンや男爵夫人の対話という、はるかにあかぬけた手を使ってくる。小品の一つにもっともさりげなく出してくるチョイ役にさえ、私たちならトムキンズとでもするところを必ずベルタルビットとかデ・ロップなどと名づける。そして世をすねた訳知りの十七歳、最高にスリリングなクローヴィス・サングレールは主人公にはまり役だろう。われわれは妬《ねた》ましくなり、襟留めピンより虎を自作に出した方が簡単に面白くできるだろうか、サキの無造作な残酷、あのいっぷう変わった少年じみた無頓着ぶりが、笑いを追求する点ですでに有利なスタートを切らせているのではないかなどと考えることもある。あるいは、そうかもしれない。だが幸いにして、私たちがサキ流に面白いものを書こうといくらがんばったところで、そんな模倣作品はこれまで生き残ったためしがないのだ。

サキの作風とは何だろう。彼の魔力はどこにあるのか？　考慮に値する芸術家のごたぶんにもれず、彼の文章にはお約束のレシピというものがない。異国風な素材のとりあわせがしばしば作品の力になったにせよ、弱みになったことも同じだけあるし、無頓着なところがしばしば完全な勝利をもたらしたにせよ、負けにつながったことも同じだけある。俗に言う「コントの名人芸」の持ち主だったとは思わない――少なくとも本書では――そう主張する人も以前からいるにはいるが。そういった名人芸は、少年じみたサキの持ち味とは違ってあくまで整合性を求めるのではなかろうか。そこへいくと彼はいたるところにきちんとしない結末が散見されるし、楽しいものだらけでたいていいつも腹を抱えて笑わせてくれる対話部分も、そういったタイプの卓越した名人芸ではない。ある登場人物が他の登場人物と受け答えをしているだけだ。ただし彼はそのコメントに、言及に、描写に、話の展開のすべてに厳選された言葉を当て、「物事をしかるべく配置する方法」を心得ており、それこそがひとたび味わえば秘蔵のヴィンテージになる美酒のこたえられない風韻と同じく、通の目利きには素通りできない味わいになっている。

では、「サキ１９１１年」のヴィンテージから一つ二つ試飲してみよう。

「その夜の晩餐で、序盤はひとまず区切りがついた。ワインリストを見せられた中には、奥地の密林みたいな旧約聖書にわけいって小預言者の所在をつきとめよ、といきなり名指された生徒もどきに立ち往生したり、かと思うと載っている高額ワインの産地にほとんど行ったことがあると匂わせ、内情のあら探しでもするような鵜《う》の目鷹の目でリストを吟味する者もいた」

ここで「所在」という言葉を使ったのは実にいい。さらなる満足を呼ぶ表現として、「鎖骨から腰までの背中に鮮やかなイカロス墜落図」の刺青をした男の物語では「拝ませてやった」という的確な言葉が使われている。どんぴしゃりだ。

「で、ようやくできてみたら、図柄がムッシュウ・デプリの思っていたのとちょっと違ったんだね、イカロスって三十年戦争でヴァレンシュタインが奪取した砦だと思いこんでいたから。でも仕上がりに文句はなかったし、ピンチーニの名人仕事を拝ませてやった者はひとり残らず褒めちぎった」

この「名画の背景」なる物語と「ミセス・パクルタイドの虎」の二篇が本書の白眉であるように思われる。どちらの物語でもクローヴィスは本書のタイトルロールの権利を行使して、必要もなく登場するが、彼を省いても何ら物語を損なうものではなく、サキの文章と持ち味を最大限に生かせるだろう。ただしここでのサキはその輝かしい才能に加え、いつもそうなるとは限らないが、きりっと無駄なく締まった仕上がりを見せている。以上をもって彼を読者にお引き合わせし、私のいかなる言葉より、彼の会話文をほんの十分もお読みいただけば、ご家庭の自由時間はそっくり彼に占拠されてしまうだろうと自信を持ってお勧めする。

A・A・ミルン

エズメ

「狩りの話は紋切り型だからな」と、クローヴィス。「競馬といい勝負だね――」

「でも、わたくしの話は絶対に一味違うわよ」男爵夫人が口を出す。「だいぶ前でね。当時は二十三歳ぐらい、まだ主人と暮らしていたの。あのころは別居生活をまかなうお金がどちらにもなかったものだから。よく『貧すれば鈍《どん》す』なんていうけど、貧乏な方がかえって所帯がひとつにまとまるわね。そうはいっても狐狩り用の猟犬群だけはめいめい別立てにしていたけど、まあそれは本題ではないし」

「集合はまだですか」クローヴィスが尋ねる。「したんでしょ、たぶん」

「しないわけないでしょ。常連ばかりよ、コンスタンス・ブロドルも。ほら、赤ら顔で押し出しがよくて、秋景色とか教会のクリスマス飾りにぴったりって女がいるでしょう。ちょうどそんな感じ。『どうも今日は不吉な予感がして。顔も青ざめてない?』

そう言いつつ、寝耳に水の赤かぶみたいな顔なんだから。それで、『いつも以上にお元気そうよ。本当にあなたらしいこと』と言ってやったわ。ところが、そのあてこすりがろくに伝わりもしないうちに狩りが始まってしまってね。狐が猟犬に追いたてられて、ハリエニシダの藪《やぶ》から飛び出してきたの」

「やっぱりね」と、クローヴィス。「狐狩りの話には、狐とハリエニシダの藪がもれなくついてくるんだから」

「コンスタンスもわたくしもいい馬に乗っていたおかげで」男爵夫人はかまわず続ける。「かなりの難路でもわりあい楽に先頭集団に入れたの。ところが終盤で飛ばしすぎて、はぐれたのね、きっと。いつのまにか猟犬はいないし、どこからも何マイルも離れたようなあさっての方角にあてもなく馬を進めているんだもの、腹が立つったらないわよ。しだいにむしゃくしゃしてきて生垣の手薄そうな場所を力ずくで押し通ったら、そうぞうしく追いすがる猟犬どもが眼下の谷間に見えてほっとしたわ。

『あら、あそこにいる』大声を出したコンスタンスが息をのんで、『ねえ、あの犬たち、いったい何を追いかけてるのかしら?』

よくいる狐と違うのは確か。およそ倍の体高にみっともない寸詰まりの鼻面、しかもばかに太い首なの。

『ハイエナよ』わたくしも声を上げたわ。『きっとパブハム卿の私有地から逃げたのね』

まさにそのとき、追われる獣が追いすがる犬たちにくるりと向いたの。猟犬の群れ（といっても、たかだか二頭ずつ六組いるだけよ）のほうでは、拍子抜けして獲物を半円形にとりまくばかり。おおかた、慣れないこんなやつの臭いに釣られて群れを離れてしまい、追いつめたはいいけど、あとをどうしたものかと思いあぐねていたのね。

寄っていくと、明らかにほっとしたハイエナがばかに馴れ馴れしいでしょ。なまじ人間の優しさに慣れていたから、追いすがる猟犬に心証を悪くしたのかしらね。猟犬どもは獲物がいきなりこっちになつくものだから余計まごついて、かぼそく遠い角笛をきっかけにいつのまにか退散したわ。迫りくる夕闇に残されたのは、コンスタンスとわたくしとハイエナだけだった。

コンスタンスったら、『これからどうしましょう?』ですって。

『どうして訊いてばかりなの、あなた?』と言ってやったわ。

『そりゃ、だって、ここで夜通しハイエナと一緒にはいられないでしょ?』と、口答えされてね。

『どんなのがあなた流の快適かは知りませんけど、ハイエナと一緒でなくたって夜通しは願い下げよ。うちは夫としっくりいかないかもしれないけど、戻ればお湯も水も出るし召使たちもいるのだし、家にある便利なものなんか、ここで探すだけ無駄ですもの。右の尾根の林へ出たほうがいいわ、あの山を越えればすぐクコウリー街道じゃないかしら』

それで馬の手綱を絞りぎみにしてわずかな轍《わだち》をたどりにかかると、あの獣が勇んでついてくるのよ。

『ねえ、そのハイエナ、いったいどう扱えばいいの?』またコンスタンスよ。

『ハイエナの扱いって、普通はどうするもの?』あべこべに訊いてやったわ。

『扱ったこと、これまで一度もないから』

『それを言うならわたくしだってそうよ。せめて雄か雌かがわかれば名前ぐらいつけてやれるんだけど。エズメなんかいいんじゃない、性別どちらでもいけるし』

まだ道ばたが見える明るさだったのでね、低い藪でブラックベリーを摘むジプシーの半裸の子にたまたま出くわしてむしゃくしゃが和《やわ》らいだわ。乗馬の女ふたりがハイエナつきでぬっとあらわれて子供のほうは大泣きしたけど。泣く子に道をきくだけ野暮とはいえ、近くにジプシーのテントでもないかしらと一マイルほど進んだわ。なかったけどね。

『あの子、あそこで何してたのかしら』コンスタンスがじきにそう言いだしてね。

『ブラックベリー摘みよ、見ればわかるでしょ』

『本当にいやな泣き方をする子だったわ』コンスタンスがしつこいの。『どうしてか、ずっといつまでも耳を離れないのよ』

くだらない妄想はよしてよ、などとたしなめたりしなかったわ。実はわたくしも泣き声がしつこく聞こえる気がして、それでなくとも疲れた神経をすり減らしていたのでね。で、ちょっと遅れぎみのエズメを大声で呼び寄せてみたの。そしたら数度の跳躍であっさり追いつき追い越されたわ。

泣き声がしつこいはずよね。あのジプシーの子がエズメにがっちりくわえられているんですもの。さぞ痛かったでしょうよ。

『んまあ、なんてこと!』コンスタンスの悲鳴よ。『いったいどうしましょう? わたくしたち、どうすればいいの?』

これだけは絶対の自信があるけど、最後の審判がきたってコンスタンスなら査問天使の誰にも気後れせず、あべこべに質問攻めにするでしょうね。

『何もできないの?』コンスタンスの愁嘆場をしりめに、エズメときたら疲れた馬の前を悠然と走っていくんだから。

こちらとしても思いつく限りしてみたのよ。英・仏語から猟番の符丁まで総動員してすごい剣幕でどなり、怒り、なだめすかしてね。革ひものない狩猟用乗馬鞭を振り回したけど、お笑いぐさよね。あげくにサンドイッチの空箱をあの野獣にぶつけたりして。実のところあらためて考えてみても、あれ以上に何かできたかしら。日はどんどん暮れ、馬がトロットで行くすぐ先を、泣きわめく声と黒くおぞましいエズメの姿が走っていくの。そして馬の通れない茂みにいきなり飛び込み、泣き声が絶叫になってとだえたわ。このくだりはいつもはしょって話すのよ、怖いから。獣はものの数分で戻ってきたんだけど、芳しくない所業をしでかしたお叱りは甘んじて受けますが、なにぶん、こっちにだってそれなりの事情があるんだ、とばかりに居直ってるの。

『よくも平気で、そんなあさましい人食い野獣と並んで走っていられることね?』コンスタンスったら、前にもまして色あせた赤かぶそっくりよ。

『まず、止めだてできないでしょ』と、わたくし。『第二に、ほかに何をしでかすにせよ、今この時は人をむさぼり食ってないじゃない』

コンスタンスがおののいて、『あの子かわいそうにね、ひどく苦しかったと思う?』なんてまたもや言わずもがなのことを言うのよ。

『いろいろ考え合わせればそうなりそうね。もちろん、かんしゃくを起こして泣いたという見方もできるけど。子供にはそんな時があるでしょう』

日没もあらかた過ぎたころにひょっこり街道に出られてね。そしたら、うなるエンジン音とともに、まばゆいライトがひやっとするほど脇をかすめたの。ドンと鈍い音、一拍遅れて断末魔の絶叫よ。馬首を巡らして停車したほうへ向かうと、道ばたに動かなくなった大きな黒いものが倒れ、若い男がかがみこんでいたわ。『うちのエズメを轢《ひ》き殺したわね』声高に詰めよってやったわよ。『本当にあいすみません』男が言うの。『今のお気持ちはお察しします、うちにも犬がいますので。罪滅ぼしにできるだけのことをさせていただきますから』だから、『すぐ埋めてやって。それぐらいお願いしてもバチはあたらないでしょ』『鋤《すき》だ、ウィリアム』運転手へ打てば響くような指図をしたから、不慮の成り行きで急遽の穴掘りという展開はどうやら初めてじゃなかったようね。

大きさに見合った墓穴を掘るのにちょっとかかったわ。で、いざ死骸を転がしこむ段になって男が言うの。『うーん、大きいな。これは相当な箔《はく》付きだったでしょう』『去年のバーミンガム品評会で、子犬の二等をとりました』きっぱり言い切ったわ。コンスタンスったら、聞こえよがしに鼻を鳴らすんだから。

それで、『だめよ、泣いては』と、声をとぎらせて悲嘆にくれるふうを装ってみたの。『あっという間だったのよ、あまり苦しまなかったはずだわ』『すみません、あの』男が必死になってね。『どうか、罪滅ぼしにぜひ何かお詫びを』鄭重にご辞退したんだけど、重ねて言われたもので。だからわたくしの住所を伝えておいたわ。言うまでもなく、それまでの夕方の事情は二人ともおくびにも出さなかったの。パブハム卿なら口が裂けてもハイエナがいないなんて言いやしないわよ。だって、その一、二年前に果物しか食べない動物に私有地から逃げられたことがあったんだけど、その時は行方不明になった羊の賠償十一件、さらに近隣ほぼ全部の鶏舎へもれなく鶏を補充するはめになったんですからね。万が一にもハイエナなんか逃がそうものなら、それこそ政府補助金はだしの額についてしまうわ。ジプシーたちだって、子供がいないからって騒ぎたてるような手合いじゃなし。あれだけテントがごちゃごちゃかたまっていれば、子供のひとりやふたり見あたらなくても、おいそれとは気づかないでしょ」

しばし思い入れの後に、男爵夫人はこう続けた。

「で、この事件には後日談があってね。立派なダイヤのブローチが郵送されてきたのよ。エズメの名の周囲に、追憶をあらわすローズマリーの枝をあしらったデザインだった。あ、ついでに言うとね、コンスタンス・ブロドルとはもう付き合ってないの。そのブローチを売却した代金の山分けを当然ながらお断りしたのでね。だって、エズメという名を思いついたのはわたくしだし、ハイエナが本当に私有地から逃げたのなら持ち主はパブハム卿でしょ。だけどそんな証拠、もちろんこちらは存じませんもの」

(Esmé)

月下氷人

聞き流されるのを天命にしているようなへりくだった音色で、グリル・ルームの時計が十一時を知らせた。またたくまに針が進み、やがて飲食を絶って別室へ追い立てられる時がくれば、部屋の照明がいつもの合図をするはずだ。

六分後、クローヴィスが夜食の席へやってきた。とうの昔に軽めの晩餐をすませた人ならではの嬉しい期待をまとって。

「お腹がすいて死にそうだよ」あたりはばからず言うと、上品に腰をおろすのとメニューに目を通すのを同時にやってのけようとした。

「そうくると思った」これは滞在先の主《あるじ》だ。「現に、ほぼ定刻にあらわれるぐらいだからな。先に言っておけばよかったんだが、私は改良食餌派なんだ。パン粥《がゆ》二皿と、健康ビスケットを厨房に命じておいた。それで構わんだろう」

ほんの刹那、クローヴィスはカラーの首から上が白くなるほど血の気が引き、あとから何食わぬ顔をつくろった。

「やっぱりさ」とクローヴィスが言った。「あだやおろそかに弄《もてあそ》んじゃいけないものってあるよ。そういう手合いは実在するし、そんな連中に出くわしてしまった人たちも知り合いにいる。世にありとあらゆる口福があるというのに、死ぬまでおがくずを噛んで自慢たらたらなんて、思うだけでもちょっとどうかと」

「自らを痛めつけて回った中世の鞭打苦行派《フラジャラント》に通じるものがあるな」

「そっちはいくぶん筋が通ってるよ」と、クローヴィス。「不滅の霊魂救済のためだろう？　牡蠣《かき》もアスパラガスもいいワインの味もわからないやつに、そもそも魂も胃袋もあるのかなんて言わずもがなだ。自己を不幸にする本能がすごく発達しているだけだよ」

そう言うと、クローヴィスは牡蠣の柔肌とねんごろになり、矢継ぎ早に消し去る至福にしばしふけった。

「牡蠣ってさ、どんな宗教より見事じゃないかい」ようやくまた言いだした。「こちらのひどい仕打ちを許すばかりか正当化し、まぎれもない残虐行為をどんどん煽《あお》るんだから。ひとたび夜食に登場するや、その心意気を貫く。無私無償で他者に寄り添う姿勢にかけては、キリスト教も仏教も顔色なしだね。ところでぼくの新しい正装用ベスト、気に入ってくれた？　今夜のためにわざわざおろしたんだよ」

「とっかえひっかえ披露された最近の数着と似たりよったりだ。おろしたての正装用ベストで夜の席にあらわれる習慣に毒されかかってるぞ」

「若気のツケは必ずあとが怖いと言うけれど、着道楽は違うから助かるよ。うちの母、結婚を考えてるんだ」

「またか！」

「初めてだよ」

「むろん、血を分けたきみの言う通りだろう。一度や二度は結婚なさったという印象を受けていたが」

「三度だね、数字に正確を期すなら。考えて結婚するのは初めて、と言ったのさ。これまではいつも考えずにしていたから。実のところ、今回も母のかわりに考えてるのはぼくだ。なんせ直近の夫に死なれてもう二年になるからな」

「どうやら短期限定にとどめることが、きみ一流の寡婦心得らしい」

「まあね、母が柄にもなく辛気臭くなって、地に足をつけにかかるんだもの。おやっと思った最初の徴候は、うちの生活が収入に不釣り合いだとぶつくさ言い出したことかな。いまどき、まっとうな人はみんな収入以上、まともじゃないやつはよそにたかって他人の収入以上に吐き出させてる。なんとか両方やってのける才能の主はほんの数えるほどだ」

「才能より、むしろマメさだろ」

「で、一触即発になった」クローヴィスが返した。「夜ふかしはよくないという説をいきなり出してきて、夜一時には必ず帰宅しなさい、だって。想像してよ、この前の誕生日で十八歳になったのに、そんな仕打ちなんて」

「ここ最近の誕生日で二回とも十八歳と言ったぞ、数字に正確を期すなら」

「ああ、それはね。別にぼくのせいじゃない。母が三十七歳に居座っている限り、こっちも十九歳に到達するつもりはないよ。世間体ってものも考えなくちゃな」

「ご母堂《ぼどう》だって、地に足をつける途中で少しはお歳を召すんじゃないかな」

「それだけは絶対に思いもよらないのが母だよ。女の改心はね、つねに自分以外のあらさがしが原点なんだ。母に夫をあてがおうと、ぼくが躍起になるゆえんだよ」

「もう絞り込みまで行ったかい、それとも一般論を放り投げるにとどめ、あとは暗示がじわじわ効いてくるに任せるとか?」

「早期決着を望むなら、率先して自分でやらないと。クラブにたむろする独り身の軍人に目をつけ、うちの昼食に一度か二度連れて行った。インド辺境で人生の大半を過ごし、道路建設だの飢饉救済だの地震被害縮小だの、辺境につきものの仕事をひととおりやってきたやつでね。怒るコブラに十五の現地語でものの道理を説いたり、クローケー・コートへ出た荒くれ象のあしらいなんかもたぶん心得てる。でも、女あしらいはからっきし奥手で不器用なんだ。だから母に内々でひとこと、あいつ全くの女嫌いなんだよと伝えておいた。そしたら言うにゃ及ぶ、ありあまる女の武器を総動員して、勝手知ったるあの手この手で落としにかかったよ」

「で、うまく落ちたのか?」

「重労働が山ほどある植民地の口はないか、知り合いの若いのを押し込みたいんだが、とクラブのさる筋へ相談をかけているそうだから、婿入りしてうちへ居つく算段だろう」

「なら、君はむざむざ損な星回りに甘んじて改心の犠牲になるのか」

クローヴィスは唇に出かかったほくそ笑みをトルココーヒーもろとも拭いとり、おもむろに左まぶたを下げてみせた。解釈すれば、おそらくはこうだ。「そうはいくか!」

(The Match-Maker)

トバモリー

八月終盤の雨あがり、肌寒い昼下がりだった。中途半端なシーズンで、鷓鴣《しやこ》はまだ猟の解禁前か冷蔵保存中のどっちかで、狩りをしようにも獲物にできるものがない――馬を飛ばして肥えた赤鹿を合法的に狩れるブリストル海峡沿岸が、地所の北に接してでもいればともかく。ブレムリー夫人の地所の北にはブリストル海峡がなかったので、ハウスパーティに招かれたお客たち全員がこの日のアフタヌーンティーにいた。めりはりのない季節に目新しさを欠く顔ぶれなのに、一座には自動ピアノの演奏を敬遠したり、それとなくオークション・ブリッジに食指を動かすといった退屈をもてあました感じがない。開いた口がふさがらないのを隠しもせず、いかにも冴えないコーネリアス・アピン氏なる人物をそろって見つめていた。招かれた中でいちばんあやふやな能書つきの客だ。「頭が切れる」と評する向きもあったので、ならばその頭脳をおもてなしの一助にと控えめな期待を寄せた女主人が人数に含めたのだ。ただしその日のティータイムまで、どこに能があるのかさっぱりだった。ウィットに富んだ会話術もなし、チャンピオン級のクローケーの腕前でもなし、えもいえぬ滋味も皆無、アマチュア劇団で父と仰がれる人望もない。外見もあれだから、女のほうから数ある欠点に目をつぶるような色男の柄でもなさそうだ。ないない尽くしの行き着く先はただのアピン氏、コーネリアスなる洗礼名も見えすいたハッタリの命名っぽい。そんな男がここにきて大きく出て、火薬や印刷機や蒸気機関車の発明も自分の大発見に比べればお話にもならないという。曰く、科学はこの数十年で多面にわたり目ざましい進歩をとげたが、今回の大発見は科学業績というよりむしろ奇跡の域だと思われる。

「真に受けろ、などと本気でおっしゃるのかな」言っているのはサー・ウィルフリッドだった。「動物に人語を教えこむ方法を発見なさり、うまくいった第一号がうちの愛猫トバモリーですと？」

「この十七年ずっと手がけてきた研究課題でしてね」アピン氏だ。「ですが、ようやく出口が見えてきたのはつい八、九ヵ月前からです。むろん、何千頭もの動物相手に実験を重ねてきましたが、ここ最近は猫に限っています。あのすばらしい生き物はわれわれ人間の文明に実にうまく同化しながらも、猫ならではの高度な野性をそっくり保っている。そして人類と同じく、猫にもずばぬけた知能を持つ個体が散見されるのでして、一週間前にトバモリーの知己を得たさい、目の前の相手が頭脳抜群の『超猫』であるとすぐわかりました。最近の実験のおかげで研究がかなり進んでいた折も折、おたくさまの呼び名でいうトバモリーが画竜点睛になってくれたというわけです」

アピン氏は内心の得意をなるべく抑え、この目ざましいひとくさりをしめくくった。

「ばかを言え《ラッツ》」という声こそなかったものの、クローヴィスの唇が、不信の念をあらわす齧歯《げっし》類をいかにも想起させそうな単音節の形にゆがんだ。

「で、おっしゃりたいのは」わずかに間をおいてミス・レスカーが、「あなたがトバモリーを仕込んで、簡単なひとことなら受け答えできるようになさったのね?」

「いやいや、ミス・レスカー」奇跡の仕掛人は辛抱強く応じた。「そんな細切れの方式は、小児や未開人や鈍《にぶ》い大人向けですよ。知能が発達した動物はいちいちそうするまでもなく、糸口さえつけてやればいいんです。トバモリーはわれわれ人間の言葉を完璧に話せますよ」

今度ばかりは誰の耳にも届くように、クローヴィスが「ばかにもほどがある《ビヨンド・ラッツ》!」と言い放った。少しは手加減したものの、サー・ウィルフリッドも同程度の疑義をさしはさんだ。

「あの猫を連れてきて、めいめいの目で判断したほうがよくはない?」提案はブレムリー夫人からだった。

サー・ウィルフリッドが猫を探しに行くと、あとの者はどうせ達者な腹話術の隠し芸かなんかだろうと、めいめい気乗り薄な顔で待ちの態勢に入った。

　サー・ウィルフリッドはものの一分で戻ってきた。日焼けした顔色をなくし、目を丸くして興奮している。

「なんと、本当だったぞ!」

　ふりでないのは見間違えようもなく、聞く方もがぜん興味がわいて、ぞくぞくしながら前のめりにつりこまれた。

　サー・ウィルフリッドがアームチェアにへたりこみ、息せききってまくしたてる。「喫煙室でうたた寝しているのを見つけて、お茶へおいでと声をかけたんだ。そしたらいつも通りに目をぱちぱちさせるから、こう言ってやった。『おいでトビー、待たせちゃだめだぞ』そしたらまあ! 寒気がするほど普通の声で、気が向いたら行ってやるよだと! いやもう、ぞっとするなんてものじゃなかった!」

　アピンにはこれっぽっちも信用がなかったが、サー・ウィルフリッドの話は一同にすんなり受け入れられた。バベルの塔もかくやの驚愕の声が口々にあがる只中で、当の科学者その人は口をつぐみ、自らの大発見がもたらした最初の反応をじっくり楽しんでいた。

　その騒ぎのさなか、ビロードのような足どりでトバモリーが入ってくると、テーブルを囲む顔ぶれをさりげなく検分した。

とたんにぎこちない沈黙が一座にのしかかった。折り紙つきのすぐれた知能の猫と対等に話すというのは、やはり戸惑うできごとのようだ。

「トバモリー、ミルクでもいかが?」ブレムリー夫人がやや張りつめた声を出した。

「それもいいかな」応じる声は、どうでもよさそうに淡々としている。抑えた興奮のおののきが席上を駆け抜けた。受け皿にミルクをついでやるブレムリー夫人の手もとが危なっかしいのも無理はない。

「ずいぶんこぼしちゃったわね」夫人が恐縮する。

「別にいいよ。アクスミンスター絨毯はおれのじゃないし」が、トバモリーの返事だった。

また静まり返ったところで、ミス・レスカーがせいぜいとっておきの教区世話人口調で、人語習得は骨が折れるのと質問した。トバモリーはその顔をしばらくまともに睨みつけ、じきに平然とあらぬ方へ目をやった。そんなクソ面白くもない質問なんか知るかいという露骨な態度だ。

「人間の知能をどう思う?」メイヴィス・ペリントンがぎこちなく言い出す。

「特に誰の?」トバモリーが冷たく尋ねた。

「ああ、そうね、例えば私なんかどうかしら」メイヴィスが弱々しく笑ってみせた。

「また、ずいぶんと答えにくいことを。困るんだよなあ」そうは言うものの、トバモリーの口調にも態度にも困ったふうは露ほどもない。「今回のハウスパーティにあんたも混ぜようかって

水を向けられたサー・ウィルフリッドは、こう言って反対したんだよ。友人知人きってのバカ女を呼べというのか、おもてなしと頭の弱いやつのお世話じゃ月とすっぽんだぞ。ブレムリー夫人が答えて曰く、頭がないからわざわざ呼ぶ価値があるのよ、うちの古い車を買ってくれそうなバカはあのひとぐらいでしょ、だってさ。そら、登り坂でも乗り手が後押ししてやれば上がっていくから、ここんちじゃ『シーシュポスの羨望』って呼ばれてるあれだよ」

ブレムリー夫人の異議は、ほかの時ならもっと効いたはずだ。ついその午前中に、問題の車ならあなたのデヴォンシャーのご本邸にはうってつけよ、などとさりげなくメイヴィスにもちかけてさえいなければ。

話をそらそうと、バーフィールド大佐が強引に割り込んだ。「厩舎の三毛猫との情事は、どんな具合かね、うん？」

すぐさま、とんでもない失言だったと全員が悟った。

「そんな話、普通は人前でしないだろ」冷えきった声だった。「ここへ来てからのあんたについても少しは見聞きしたけどさ、そっちへ話を向けたらやっぱり不都合なんじゃないのか」

あわてふためいたのは、なにも大佐だけではなかった。

「おまえのお食事ができたかどうか、コックのところへ行ってみてはどうかしら」トバモリーの夕食までまだ二時間はあるのだが、その事実を黙殺してブレムリー夫人があたふた声をかけた。

「せっかくだけど、軽く腹ごしらえしたばかりだし。消化不良で死ぬのはごめんだよ」

「猫には命が九つあるんだぞ」サー・ウィルフリッドが大まじめに言った。

「かもね」トバモリーが答える、「でも肝臓はひとつだけだ」

「アデレイド！」ミセス・コーネットだ。「女主人ともあろうものがこの猫を野放しにして、召使部屋で面白おかしく私たちの噂話をさせるつもり？」

今度こそ全員本気でうろたえた。塔屋敷の名にたがわず、ここの寝室はたいてい窓の外に狭い飾り胸壁がついており、げんなりすることにトバモリーが時間を問わずうろつく定番の散歩コースだ。鳩の見張りが目的だが――それ以外にも何を目にしていることやら。今しがたしゃべったようなことを洗いざらい暴露する気になったひには、それこそシャレにならない。きっちり時間を守るのに、遊牧民みたいな豊かなオリーブ色の肌を誇るミセス・コーネットは肌作りの化粧にかなりの時間をかけているので、大佐と同じぐらい不安そうになった。熱烈な官能詩を作るわりに、実生活は品行方正そのもののミス・スクローエンはイラっとしただけだ。私生活がどれほど品行方正でも、世間に知られたがらない人はいる。齢《よわい》十七にしてこれ以上自堕落になりようがないと、とうに自覚した遊び人バーティ・ヴァン・ターンの顔色はクチナシの花がくすんだようになったが、それでもオード・フィンズベリーのようにあたふた部屋を出ていったりしていない。この若紳士は聖職めざして勉強中というから、おおかた他人のスキャンダルで耳を汚しかねないと思って気が動転したのだろう。機転のきくクローヴィスは表向き平然としながらも、内心では口止め料にする変種のハツカネズミ一箱を『交換売買社』代理店から取りよせるのに幾日かかるかなと胸算用していた。

薄氷を踏む状況でさえ、アグネス・レスカーはいつまでもしおらしくしている玉ではない。

「私ったら、いったいなんでこんなところへ？」芝居がかって嘆いた。

たちどころにトバモリーが答えてやった。「昨日のクローケー・コートであんたがミセス・コーネットにした話からすると、目当ては食いものだろ。言ったじゃないか、ブレムリー夫妻ってひとつ屋根の下で過ごすと退屈もいいところだけど、一流のコックを置いたのは上出来ね、さもなきゃ誰も二度と泊まりにくるもんですかって」

「みんなでたらめよ！　ミセス・コーネットにはくれぐれもお願いし――」うろたえたアグネスが声を張り上げた。

「ミセス・コーネットは、あんたの言いぐさをあとでバーティ・ヴァン・ターンにそっくり告げ口して」トバモリーはつづけた。「曰く『あの女ったらいつも口が卑しいこと。日に四度ちゃんとあてがわれれば、どこであろうとつられて行くんですからね』。で、バーティ・ヴァン・ターンが言うには――」

ありがたいことに述懐はそこで中断した。牧師館の大柄な牡の黄猫が茂みをわけて厩舎棟へ向かう姿を、トバモリーの目がとっさにとらえたのだ。開けっ放しのフランス窓から、たちまち飛び出していった。

優秀すぎる教え子が雲隠れしたとたん、コーネリアス・アピンは手きびしい非難、懸念の問いかけ、震え上がってすがりつく声のハリケーンに四方八方からもみくちゃにされた。そもそもあんたがしでかしたんだ、責任とってこの先の被害を食い止めろ。トバモリーはあの危険な語学力をほかの猫に伝授できるの？　しぶしぶ、その質問から先に答えた。ありえますね。厩舎の牝猫とねんごろですから、自分の新しい芸を手ほどきしたかも。ですが、その先に広げるゆとりはまだなかったでしょう。

「じゃあ」ミセス・コーネットだ。「トバモリーは高価でうんと可愛がっていた子でしょうけど、あなたもきっと賛成してくれるわよね、アデレイド、あれと厩舎の猫は一刻も早く始末しなくちゃいけないって」

「これまでの十五分間の成り行きをわたくしが喜ぶとでもお思い？」ブレムリー夫人が痛烈に言い返した。「主人《たく》とわたくしが目に入れても痛くないほど可愛がっていたのよ――少なくとも、この恐ろしい芸を仕込まれるまでは。でももちろん、こうなってはひたすら一刻を争うわ」

「いつもの夕方のコマ肉にストリキニーネを仕込めばいい」サー・ウィルフリッドが言う。「厩舎の猫は私がこの手で水につけてしめてこよう。馬丁も愛猫をなくしてさぞ悲しむだろうが、二匹とも伝染性の強い疥癬《かいせん》をもらってしまい、犬舎にうつす恐れがあるとでも因果を含めておくよ」

「ですが、私の大発見が！」アピンが抗議した。「長年の調査と実験が水の泡に――」

「実験なら農場の短角牛相手になされればいいでしょ、野放しにされてないしね」ミセス・コーネットだ。「さもなきゃ動物園の象でもいいわ。とても知能が高いそうだし、ひとの寝室に忍び込んだり椅子の下へもぐりこんだりしない点もお勧めよ」

かりに大天使がキリスト再臨を高らかに宣言したら、あいにくその日はヘンリー王立レガッタ競技会とかち合ってにっちもさっちもいかず、なしくずしに延期せざるをえなくなったとしよう。それでも驚異の大発明が心外な末路を迎えたコーネリアス・アピンほど、どん底の気分ではないだろう。しかしながら時、利あらず――実際、本件に世論をとりいれたあかつきには、アピン本人にもストリキニーネ食餌を与えるべきという意見が無視しがたい少数票を集めたことだろう。

汽車の時刻が合わず、結末を最後まで見届けないと心配というのもあって即時解散こそしなかったものの、晩餐は和やかな盛り上がりに欠けた。サー・ウィルフリッドは厩舎の猫にも、あとで馬丁にもかなり手こずった。アグネス・レスカーはあてつけがましくトースト一枚で晩餐をすませ、親の敵でも噛むような剣幕で憎さげに食べていた。メイヴィス・ペリントンはあてつけにずっと黙っていた。ブレムリー夫人は何とか座をもたせようと会話らしきものを続けながらも、ドアから片時も目を離さなかった。サイドボードにはていねいに毒を混ぜ込んだ魚のほぐし身の皿が置いてあったのに、食後のお菓子、塩味の口直し、最後のデザートが出てきても、トバモリーは食堂にも台所にもあらわれなかった。

晩餐は陰気だったとはいえ、その後のお通夜みたいな喫煙室よりはまだしも活気があった。晩餐なら気まずさを飲食で紛らすこともできたが、今は誰も彼もむやみにぴりぴりしていてブリッジどころではない。オード・フィンズベリーが陰々滅々と「森のメリザンド」を歌ったが、場の空気は一向にほぐれず、なんとなく音曲打ち止めとなった。十一時、いつものようにトバモリーの出入りにパントリーの小窓を開けておきますと挨拶して召使たちが寝に行ってしまった。客たちはずっと雑誌の最新号を読んでいたが、しだいに矢弾尽きてバドミントン文庫やパンチ合冊に手を出すようになった。ブレムリー夫人は時間を見計らってパントリーをのぞきに行ったが、そのつど訊くのもはばかられるような顔でしおしおと戻ってきた。

二時ちょうどに、クローヴィスが沈黙を破った。

「今夜はあらわれっこないよ。今ごろ地方紙社屋で回想記の連載初回を口述中じゃないかな。どこぞの令夫人の本なんて目じゃない。その日の話題を一手にさらうだろうね」

と、とどめを刺してから寝に行ってしまった。だいぶたって、他の者もクローヴィスの例にならって思い思いに引き上げた。

おめざのモーニングティーを朝の客室に配った召使たちは、皆に同じことを尋ねられ、同じ答えを返した。いえ、トバモリーはとうとう帰ってきませんでした。

朝食は晩餐にもまして滅入るものとなったが、終盤にさしかかっていっきに重石がとれた。庭師が植込みの陰でトバモリーの死骸を見つけ、さっそく運び込んできたのだ。のどを何度も噛まれ、黄色い毛が爪にびっしりついているところから、返り討ちで牧師館の大きな黄猫にやられたのは明らかだった。

昼までに塔屋敷の滞在客はあらかた引き払い、ブレムリー夫人は昼食をすませて気力を取り戻すと、鍾愛の猫を亡くした件につき、牧師館あてに筆の限りえげつない難詰状をしたためた。

アピンの仕込みがうまくいった例はトバモリーだけにとどまり、それで打ち止めとなった。数週間後のドレスデン動物園で、それまで怒る気配もなかった象がいきなり鎖をぶち切り、ずっとしつこく構っていたとおぼしい英国人を殺した。死んだ男の姓はオピンとかエペリンとか各紙ばらついたが、名だけはコーネリアスと正しく報じられた。

「象が可哀相だよ。ドイツ語の不規則動詞なんか仕込もうとされたら」とはクローヴィスの弁であった。「当然の報いだね」

(Tobermory)

ミセス・パクルタイドの虎

絶対に、みごと虎を撃ってみせる。それがミセス・パクルタイドの楽しい目標だった。といっても、いきなり降ってわいた殺戮欲に憑かれたわけでも、人口百万人あたりの猛獣数をほんのおしるしなりと減らしてやれば、これまでに目にした実態より健全安穏なインドになるなどという気を起こしたわけでもない。にわか猟人ニムロド志願のやむにやまれぬ動機とは、ルーナ・ビンバートンがアルジェリア人パイロットなにがしの飛行機で十一マイル飛び、その話ばかりするという事実であった。そんなのに互角以上にはりあう手段はただひとつ、手ずからしとめた虎皮と、ふんだんに新聞を飾った証拠写真の数々あるのみ。かねての腹案では、ロンドンへ戻ったあかつきにカーゾン街の自邸でルーナ・ビンバートンを表向きの主賓にすえて昼食会を開き、目立つ場所へ虎皮を敷いて注目と話題をさらう。しかもルーナ・ビンバートンの今度の誕生日には、虎爪をブローチに仕立ててプレゼントしてやろうという腹案も別途温めていた。世を動かす二本柱は飢餓それに愛だというが、ミセス・パクルタイドにはあてはまらない。言動および動機の相当部分を左右するのはルーナ・ビンバートン嫌悪の一念であった。

ことは幸先よく運んだ。さして危ない橋を渡らず、手間いらずに虎一頭を撃ち殺せれば、見返りに千ルピー出そうと申し出たところ、寄る年波で野生動物をあきらめてもっと小ぶりな家畜専門に鞍替えした、かなりの前科持ちの虎がしょっちゅう出ると胸を張って言えるような村がたまたま近くにあった。千ルピー大儲けの見込みに村人の狩猟と商売の勘がうずうずし、村のジャングルの周辺に昼も夜も子供らを配して万が一にも虎が新たな狩り場を求めて他へよろめかないよう努めるかたわら、それよりは安上がりな山羊を何頭も巧みにさりげなく放し、現在の縄張りに不満を持たないようにはからった。大きな不安といえば、奥様《メンサヒブ》の狩猟予定日より前に老衰でぽっくり逝かれたらどうしようという点に尽きる。だから母親たちは野良仕事をすませた帰りがけ、赤子連れでジャングルを抜ける時に、かよわい家畜泥棒の安眠に気がねして歌を控えた。

いよいよ大勝負の晩は、雲ひとつない月夜だった。おあつらえむきの樹上に居心地いい桟敷が組まれ、ミセス・パクルタイドとミス・メビンというお雇い話相手《コンパニオン》が身をひそめた。いささか耳の遠い虎でも静かな晩ならよく聞こえるようにと、元から鳴き声が特別しつこい山羊が撃ちやすい距離に一頭つながれていた。ちゃんと照準を合わせたライフル猟銃と、ひまつぶしのペイシェンス用に小型トランプ一組を携え、女流狩猟家はめざす獲物を待ちうけたのだった。

「わたしたち、危なくない？」ミス・メビンが言った。

本心で死ぬほど恐れているのは虎ではなく、ほんのちょっとでも給料以上に働かされることだった。

「ないない、バカ言わないで」とミセス・パクルタイド。「老いぼれの虎よ。たとえその気になったって跳びあがってこられるもんですか」

「老いぼれならもっと値切ればよかったのに。千ルピーといったら大金ですよ」

ルイーザ・メビンはおよそ金となると国籍も額面もわけへだてせず、面倒見のいい姉じみた態度をまとってなにかと世話を焼く。たゆまぬ口出しの甲斐あって、モスクワのホテルではチップにだらだら消えてしまうはずの中からかなりのルーブルを温存できたし、後先なしに使おうとする考えなしの手をとっさに制して、フランやサンチームを死守したことがちょくちょくあった。そんな彼女が虎皮の相場下落にあれこれ思いを巡らすさなか、実物のご登場で考えごとは中断された。虎はつないだ山羊を見つけたとたんにべったり伏せたが、うまく物陰に隠れたいという野性より、華々しい突撃前に寸暇を惜しんで一息入れておきたいという風だった。

「きっと病気よ、あれ」ヒンドスタン語の大声で、ルイーザ・メビンが近くの木にひそむ村長に教えてやった。

「しいっ！」ミセス・パクルタイドが言うのと、虎がゆっくり山羊へと向かうのが同時だった。「そらそらっ、今ですよ！」ミス・メビンがちょっと熱くなってせきたてた。「あの虎に手を出されなければ、山羊のお代は助かるんだから」（おとり代は別料金なのだ）

猟銃が大音響とともに発射、大きな黄色い猛獣は片側へふっ飛ぶと息絶えた。まもなく野次馬どもが大喜びで群がり騒ぎたて、その声でたちまち吉報を察した村からはトムトム太鼓の伴奏つきで大勝利をことほぐ歌の合唱が響いた。喜びの歌声はただちにミセス・パクルタイドの琴線に共鳴した。カーゾン街の自邸における昼食会が、早くもぐっと近づいたようだ。

山羊は銃弾で断末魔の致命傷なのに、虎にはかすった跡もないという事実に注意をうながしたのはルイーザ・メビンだった。どうやら標的を取り違え、虎のほうはいきなりのライフル音に心臓をやられ、老衰が拍車をかけてあえなくご昇天といった次第であった。そう判明してミセス・パクルタイドが恥ずかしく思ったのも人情というものだが、なにはともあれ虎の死骸は確保したし、虎撃ちの作り話の片棒なら千ルピー目当ての村人たちがいそいそと担いでくれた。それにミス・メビンは自分に雇われている。だからミセス・パクルタイドは心おきなく新聞社のカメラにおさまり、お手柄写真はアメリカの『テキサス週刊画報』からロシアの『ノーボエ・ブレーミヤ』月曜写真版まで世界あまねく広まった。以後数週間のルーナ・ビンバートンは写真入りの新聞を広げようともせず、虎爪のブローチに対する礼状では感情抑制のお手本を示した。昼食会出

席は断った。抑えに抑えてきたものは、ある一線を越えると暴発する。
　虎皮はカーゾン街からはるか片田舎の本邸へと運ばれ、地元の州をあげてしかるべく鑑賞し、感心し、州の仮装舞踏会にお出ましのミセス・パクルタイドは当然ながら狩猟の女神ダイアナに扮した。しかしながら、めいめいが最近しとめた獣の皮をまとって原始舞踏会でもいかがというクローヴィスの面白そうな提案には乗らなかった。
「ぼくはいっそ、赤ん坊のおくるみ風に仕立てなくちゃね」と、クローヴィスは打ち明けた。「しょぼい兎皮一枚か二枚を巻きつける程度だから。でもさ」と、悪意の目でダイアナの体型を盗み見て、「プロポーションなら、ロシア人の若手舞踏家と並んだって負けやしないよ」
「かりに真相が知れたら、皆さんさぞお笑いになるでしょうねえ」舞踏会の数日後、ルイーザ・メビンが言い出した。

「それ、どういうこと？」ミセス・パクルタイドがあわてた。

「あなたさまが撃ったのは山羊、虎は怖がって勝手に死んだってことですよ」ミス・メビンはそう言うと、さも小気味よさそうに感じ悪い声で笑った。

「そんなの誰も信じるもんですか」ミセス・パクルタイドはそう言いながらも、郵便集配時間を控えて洋服屋の見本帳をめくるように、せわしなく顔色を変えた。

「ルーナ・ビンバートンはきっと信じます」ミス・メビンにその名を持ち出され、ミセス・パクルタイドの顔色は不自然な緑がかった白に落ち着いた。

「まさか、わたしを売ったりするはずないわね？」

「ドーキングの近くに、ぜひ買おうと目星をつけた週末用コテージがあるんです」ミス・メビンは一見あさっての方向に思える話を持ち出してきた。「自由保有権がついて六百八十ポンドです。本当に掘出し物の物件なんですけど、たまたま持ち合わせがなくて」

自ら「野獣荘《レ・フォーヴ》」と命名し、夏がくれば鬼百合《タイガー・リリー》が花壇のふちを華やかに彩るルイーザ・メビンのきれいな週末用コテージは、友人たち垂涎の的になった。

「びっくりよね、ルイーザったらどうやって捻出したのかしら」が衆目の一致する評価だった。

ミセス・パクルタイドは大物狩猟からはもう足を洗ってしまった。

「不時の出費がなにしろばかになりませんのでね」友人にわけを尋ねられれば、そう打ち明けている。

(Mrs. Packletide's Tiger)

バスタブル夫人の逃げ足

「わたくしが北のマグレガー家へ行く間、もう六日うちのクローヴィスを泊めてやっていただければありがたいのですけど」朝食のテーブルをはさんで、ミセス・サングレールが眠そうな声を出した。切羽詰まった非常案件を切り出すときには必ず眠そうな声でのんびりと、というのが不変の戦術なのだ。そうされると相手はつい警戒を解いてまんまとはめられ、後になって、なにやら頼まれごとをしたぞと気づくことがままある。しかしながら、バスタブル夫人が相手ではそうすんなりとはいかない。その声のあとに続く事態を知っていたせいだろうか――少なくとも夫人は、クローヴィスのことは知っていた。

夫人はトーストに顔をしかめてみせ、ことさらゆっくり食べた。まるで、食べられるトーストより食べる自分の方が痛いと印象づけたいみたいだ。それでもクローヴィスのためにおもてなしを延長しましょうなどとはおくびにも出さなかった。

「そうしていただければ大助かりなんですけど」ミセス・サングレールがそれまでのお気楽口調をかなぐり捨てて追いすがった。「マグレガー家へクローヴィスを連れて行くのはどうにも気が進みませんし、ほんの六日だけのことですから」

「それより長く感じるでしょうよ」バスタブル夫人がふさぎこんだ。「この前、あの人を一週間お泊めした時なんか――」

「そうでしたわね」あたふた口をはさんだ。「でも、あれから二年近くになりますでしょう。あの時は今より子供でしたから」

「ですけれど、今も全然ましになっていませんよ。新手の悪さを覚えるばかりじゃ、いたずらに馬齢《ばれい》を重ねるばかりでしょうに」

ミセス・サングレールはその点を押し問答できない。十七歳になるのにクローヴィスは始末に負えない、と知り合い仲間にしじゅうこぼし通しなので、まともになってきましたなどとわずかでも匂わせようものなら、慇懃に疑義をはさまれるのがオチだ。そこで見込み薄な甘言を弄するのはやめて、露骨なわいろに切り替えた。

「息子をこれから六日泊めてくだされば、あのブリッジのつけはなかったことにいたしましょう」といってもたかだか四十九シリングなのだが、バスタブル夫人はこよなくシリングを愛してやまない。ブリッジで金をすってても払わなくていいなんて、そんなことでもなければ持ちようのなかった輝きをカードテーブルが帯びる稀有な体験だ。勝ちの成果にこだわる点ではミセス・サングレールもご同様だが、息子を六日間保管させる便宜に加えて北行きの汽車賃まで節約できるという見込みの前では、四十九シリングに目をつぶる気にもなる。クローヴィスが朝食に遅れて来た頃には、もう話がついていた。

「考えてもみて」ミセス・サングレールが眠そうな声で、「バスタブル夫人が本当にご親切にね、私がマグレガー家へ行く間はここにあんたを泊めてくださるんですって」

クローヴィスはなはだふさわしくない態度でふさわしい言葉を述べると、和平会議をぶっ壊しそうな渋い顔で、懲らしめてやりたいものが料理に入っているとばかりに朝食に当たった。陰でこそこそ話をつけられたのが腹立ちを倍加させている。その一、マグレガーの小倅《こせがれ》どもにポーカー・ペイシェンスを仕込んでやりたい。もう覚えてもいい年頃だ。その二、バスタブル家の食事は量がとりえの雑な料理に分類され、クローヴィス流に翻訳すれば、雑な言葉を引き出す料理ならぬ量理だ。わざと眠そうなまぶたの陰で息子の様子を見守っていた母は、多年の経験から作戦成功を喜ぶのは断じて時期尚早と悟った。ご家庭ジグソーパズルの手頃な棚にクローヴィスをはめこむのはよしとして、そのまま棚上げされてくれるかどうかはまた別の話なのだ。

バスタブル夫人は朝食後そうそうにモーニングルームへ引きとり、静かに一時間を過ごして新聞のすみずみまで目を通すのを習慣にしている。せっかく新聞をとるからには、払ったぶんの元を取るべく熟読しなくてはもったいない。政治にさほど興味がないかわり、いずれ社会転覆の大革命が起きて誰も彼もほかの誰かに殺されるという、ひとつ覚えの予感にとりつかれていた。「意外と早くそうなるでしょうよ」などと不気味に言うのがつねで、こんな混乱した薄い内容の予言からおよその期日を割り出すのは、よほど非凡な数学者をもってしても頭の痛い難問だろう。

その午前中に新聞各紙のただ中へ鎮座ましますバスタブル夫人を見て、クローヴィスは朝食中ずっと知恵を絞っていた件で、ひょいとあることを思いついた。母親は二階で荷造りの監督中、一階にはバスタブル夫人と自分だけ——それと、召使たち。この召使たちが現状打開の鍵だ。クローヴィスは乱暴に厨房へかけこむと、声を限りに取り乱しながらも、具体的表現は絶対に避けて呼びたてた。「バスタブル夫人が大変だ！　モーニングルームだよ！　ほら、早くっ！」次の瞬間に、執事もコックも従者もメイド二、三名も、たまたま外厨房のどれかに居合わせた庭師も、モーニングルームへ取って返すクローヴィスのあとを夢中で追いかけた。玄関ホールの広間で日本の衝立《ついたて》が倒れ、その物音がバスタブル夫人を新聞の世界から引き戻した。次にそちらのドアがばたんと開き、泊めてやっている若者が狂ったように部屋をかけぬけざま、「ジャックリーどもだ！　じき来るぞう！」と金切り声をあげ、逃げ出す鷹もかくやにフランス窓から飛び出ていった。直後に、さっきまで生垣の刈りこみにふるっていた鎌をまだ握りしめた庭師はじめ、恐れを

なした召使たちが追いすがり、ひたすら先へ先へと焦るあまり、ぴかぴかの寄木の床に足をすべらせたりしながら、肝をつぶした夫人の椅子めがけて殺到した。あとになって夫人曰く、あのときわずかでも考えるひまがあれば、それ相応に威厳あるふるまいをしたのに。もしかすると決定打はあの鎌だったかもしれないが、とにかく夫人はさっきのクローヴィスにならってフランス窓から逃げ出すと、あっけにとられた召使一同の目の前で芝生を横切り、かなり向こうまで一目散に走っていった。

失った威厳はちっとやそっとでは戻らないし、いったん溺れてゆっくり蘇生するのにも似て、常態に戻る途中がバスタブル夫人にも執事にもきつくこたえた。どんな立派な動機があったにせよ、ジャックリーの乱（十四世紀フランスの農民反乱）のあとではどうしたって気まずさが残る。だが、ついさきほどの騒動の揺り戻しがおのずと訪れ、昼までにはお行儀の堅苦しさがいや増して復活、昼食たるや額縁入りのビザンチン人物像顔負けに四角張った格式作法で進行した。食事の折り返しで、ミセス・サングレールは銀盆にのせた封筒一通を鄭重に渡された。中身は小切手、額面は四十九シリングだった。
マグレガーの小倅どもはポーカー・ペイシェンスを教えてもらった。もう覚えてもいい年頃だ。

(The Stampeding of Lady Bastable)

名画の背景

「あの女の美術符丁濫用にはうんざりだよ」クローヴィスがジャーナリストの友人に言った。

「絵となると、すぐ『どんどん大きく育っていくわね』だからな。キノコかよ」

「そういえば」と、ジャーナリスト。「アンリ・デプリの話は、もうしたっけ?」

クローヴィスはかぶりを振った。

「アンリ・デプリはルクセンブルク大公国生まれでね。熟慮検討の末、商用の旅から旅へのセールスマンになった。大公国から出ることも仕事柄しょっちゅうで、遠縁の者が亡くなって遺産を遺してくれたと本国から知らせが届いた時は、北イタリアの小さな町に泊まっていた。

遺産ったって、アンリ・デプリのつましい目からしても大金じゃなかったんだが、それでも一見罪のないちょっとした贅沢に手を出そうかなって気を起こした。とりわけ、その土地を代表する芸術、シニョール・アンドレアス・ピンチーニの刺青をひいきにしてやろうってね。シニョール・ピンチーニってのは、おそらく刺青にかけてはイタリア随一の名匠だったんじゃないかな、だけどなにぶん赤貧洗う懐具合だったから六百フランの予算にいやな顔もせず、デプリの鎖骨から腰までの背中に鮮やかなイカロス墜落図を彫り込んでやった。で、ようやくできてみたら、図柄がムッシュウ・デプリの思っていたのとちょっと違ったんだね、イカロスって三十年戦争でヴァレンシュタインが奪取した砦だと思いこんでいたから。でも仕上がりに文句はなかったし、ピンチーニの名人仕事を拝ませてやった者はひとり残らず褒めちぎった。

　そいつがピンチーニ畢生の大作であり遺作でね。くだんの名匠は支払いさえ待たずにあの世へご出発。生前に時間さえもらえれば腕に覚えの技をふるって、ワンポイント柄の一つも入れてやりたかったはずのチビ天使どもをあしらった華麗な墓石におさまった。しかしながら、六百フランの債務は残された未亡人へ行く。で、ここにきて、しがないセールスマンのアンリ・デプリは進退きわまった。少額ずつのちょこちょこ遣いが積もり積もって遺産はみるみる目減りし、そんなのあったっけというほど圧縮されてしまっていた。そこから差し迫ったワイン代ほか当面の勘定一式をすませたら、未亡人に差し出せる残額はたかだか四百三十フランってとこだ。当然ながらあちらは憤慨、思うところを思いっきり説明して曰く、百七十フランまけろだなんて満額をケチるばかりか、死んだ亭主の折り紙つき大作の値打ちを削《そ》いでやろうって魂胆だね。

一週間後のデプリはよんどころなく提示額を四百五フランに引き下げざるをえなくなり、この展開が火に油を注いで憤慨を燃えさかる憤怒に変えた。未亡人は作品譲渡を白紙に戻し、かわりにベルガモ市に寄贈を申し出て快く受理されてしまい、数日後に知ったデプリは寝耳に水さ。なるべく人目につかないようにしてその町周辺を離脱、やがて上司命令でローマに転属されてしんからひと安心、自分もろともあの名画も人目につかずに過ごせますようにと願った。

だけどさあ、やつの背中《せな》には亡き天才の仕事っていう重荷があるからねえ。ある日、蒸し風呂屋へ入って蒸気もうもうの廊下へ出るが早いか、北イタリア出身の風呂屋のおやじにとっつかまって問答無用で服を着せられ、ベルガモ当局の許可を得ずにかの名画イカロス墜落図開陳など冗談じゃありませんとがつんと釘を刺された。事情が知れわたるにつれ、世の関心と当局取り締まりの厳しさは増すばかり、真夏日でもデプリが鎖骨までしっかり厚地の水着で隠さないうちは海や川に浸かることさえできなかった。のちには海水による名画損傷の恐れありとみたベルガモ当局の意向で永久禁止令が出され、ただでさえさんざんな目に遭ってきたセールスマンはいついかなる場合も海水浴を取り上げられちまった。そんなこんなで、会社からボルドー付近に転属辞令が出たときは渡りに船と感謝したんだ。でも、その感謝の念もイタリアとフランスの国境でへし折られたよ。なんせ、当局の連中がずらりと並んで出国を阻止し、イタリアの法律では美術品の国外持ち出しは厳禁ですとガンガン釘を刺しまくる有様ではね。

そいつはルクセンブルク大公国とイタリア政府間の外交案件になり、一時は欧州全体に飛び火しかねなかった。それでもイタリア政府は強硬路線を変えない。アンリ・デプリなる一介のセールスマンの資産はおろか生命すらこれっぽっちも知ったことか、ただし現所有者ベルガモ当局のイカロス墜落図（作ピンチーニ、アンドレアス　故人）出国まかりならんという決定は断じて動かないぞときた。

やがて下火にはなったんだがね、デプリも気の毒に、それでなくても元が引っ込みがちだっていうのに、数ヵ月後に気がつけば、またしても熾烈な論争の的にされちまってた。ベルガモの許可をとりつけてこの名作を鑑定したさるドイツの美術専門家が、ピンチーニ本人の手ではない、おそらくは晩年にとった徒弟のどれかによる名義貸し作品だと結論づけた。この件ではデプリの証言はどうやら役立たずだったらしい、時間をかけて図柄を彫られる最中ずっと麻酔で眠らされてるのがお約束だからな。さるイタリアの美術雑誌編集長がドイツ人専門家の見解へ反論かたがた、現代倫理の基準とは水と油ほども相容れない相手の私生活の内情をすっぱぬいた。そこからイタリアとドイツは両国あげての大炎上、他の欧州諸国もじきに巻き込まれた。スペイン国会では度重なる乱闘騒ぎ、例のドイツ人専門家にはコペンハーゲン大学が金メダルを授与（授与後に手持ちの証拠を現地検証させろという大学からの申し入れがあった）。パリでは本件に対する見解表明および自己主張のため、ポーランド人男子学生二名が自殺した。

そのころ、名画の背景を提供して貧乏くじをひいたやつは相変わらずの逆運人生、流れ流れてイタリア無政府党にふらふら加入したって意外でもなんでもない。危険人物の要注意外国人扱いであわや強制送還されかけたことが最低でも四回あったんだが、そのたびにイカロス墜落図（伝ピンチーニ、アンドレアス　二十世紀初頭）に免じて越境寸前に戻された。そしてあるときジェノヴァの無政府主義大会で、議論にかっとなった参加同志に背後から腐食酸を瓶が割れるほどぶつけられた。着ていた赤シャツが幸いしてかなり防げたものの、イカロスは二目と見られぬ有様になっちまったよ。やったやつは、かりにも同志を襲うとはなにごとかと容赦ないつるしあげを食らい、当局からは国有財産の美術品損壊で禁錮七年の実刑。アンリ・デプリのほうは退院可能になりしだい、要注意外国人としてさっさと国外へ出された。

パリ市内でもわりあい閑静な一画、とりわけ美術省界隈でたまに見かけることもあるだろうな、しけた負け犬面の男でね、声をかけてやればうっすらルクセンブルク訛りのフランス語で挨拶してくるよ。しっかり妄想入っててさ、自分はミロのヴィーナスの欠けた片腕だからフランス政府を説き伏せて買い上げてもらえれば、だって。それさえなければ、あとはいたって正気なんだがね」

(The Background)

ハーマン短気王——大涕泣の時代

ハーマン短気王またの名を賢王が英国王位についたのは二十世紀を迎えて十年たち、イングランドにペストの猛威が吹き荒れた時期であった。命取りの疫病に王室の第三・第四世代まで根絶やしにされてしまい、ために継承順三十位のサクス-ドラクセン-ヴァヒテルシュタイン家のへルマン十四世に、内地・海外領あわせた英国君主の座という棚ぼたが転がりこんできたのだった。政局にままある番狂わせというやつだが、この王は一事が万事、意表をつく番狂わせのお方であった。大国の統治者としては多くの面で最先端をゆく開明派であられたので、国民がうかうかしていると、いつのまにか立場が一変していた。政界の伝統という行きがかりで開明派の立ち位置を取る大臣たちですら、王の政見について行くのはなみたいていのことではなかった。

「実を申せば」と、首相が認めた。「婦人参政権連中にはなにかと国政を妨害されております。

全国規模で政府の会議に乱入し、ダウニング街を官庁街から政治ピクニック会場かなにかに様変わりさせようとする始末で」

「善処せねば」と、ハーマン王。

「法令を起草してつかわす」王はそう仰せになり、タイプライターに向かった。「成人女子ハ向後開催ノ全選挙ニ於テ投票必至トセヨ、と定める。〝必至〟という文言に留意せよ。平易に申せば、投票しなければならん。男性はひきつづき自由裁量に任すが、二十一歳から七十歳までの婦女子全員に国会、州議会、地域委員会、教区評議会、市町村議会等のみならず検察官、視学官、教区委員、博物館館長、公衆衛生官、警察裁判所付き通訳官、水泳プール教官、土木建築契約官、教会付聖歌隊指揮官、市場指導監督官、美術学校教官、聖堂付雑務官、その他思い浮かびしだい随時追記する地方公僕等の選出投票をもれなく義務づける。いまあげた公職はすべて選出制とし、婦人有権者が居住地域内での選挙をひとつでも欠かしたら罰金十ポンドだ。十分な医師診断書のない欠席は認めん。上下両院で可決し、あさって余の署名をもらいにくるがいい」

施行された婦人選挙義務法には、いちばん声高に婦人参政権を要求した連中すら初めから熱意ゼロといってもよかった。もともと全国では投票に無関心か反対派が圧倒的多数である。選挙熱にうかされていた者まで、たかが投票用紙を箱に入れるだけのことにどうしてあんなにのめりこんだのかしら、などと首をかしげはじめた。新しい法令をきちんと施行するのは州規模でも煩わしくてかなわないのに、まして末端の市町村ではなけなしの生命力を吸い上げられるにひとしい負担だ。きりがない選挙また選挙。洗濯女やお針子はお出入り先からあたふた投票所へ急がないと間に合わないし、聞いたこともない候補者だらけでは投票も当てずっぽうになり、事務職やウェイトレスといった職種はわざわざそのために早起きして投票してから出勤した。社交界の名流婦人たちはのべつ投票所へ入り浸らされて予定やお約束などあってなきがごとし、週末の招待や夏のバカンスはしだいに紳士専科の贅沢になっていった。ましてカイロやリヴィエラなどの海外保養地となると、長期不在の間に罰金十ポンドが次から次へと加算され、よほど裕福でもおいそれと払えない額になってしまう。真正の重病人か、とほうもない大富豪でないと夢のまた夢になった。

こうなると、婦人参政権撤回運動があなどりがたい勢力となったのは世の趨勢であった。反婦人投票連盟は熱心な婦人会員が百万単位にふくらみ、シンボルカラーの黄緑色《シトロン》と赤オレンジ色《ダッチ・マダー》の二色旗がいたるところにあらわれ、共闘歌「いらないわよね　やめよう投票」のリフレインが大流行した。ここまで穏やかに情理を尽くしても政府に知らん顔をされたので、もっと荒っぽい実力行使がはじまった。議会妨害、各大臣襲撃、警官に嚙みつく、刑務所の規定給食を常時ハンスト、トラファルガー海戦記念日前夜には、ネルソン記念塔にわが身をくくりつけた女性が下から上まで何段も貼りつき、毎年恒例の花飾りをやむなくとりやめた。それでも、政府はあくまで婦人に選挙権を付与すべしという信条をひるがえさなかった。

そこで、ある女性にひらめいた最後の手段は、それまで誰も思い及ばなかったのが不思議というほど絶妙な一手であった。大涕泣運動が組織された。一回につき一万人の女性が涙のリレーをしながら、首都ロンドンの公共の場で切れ目なく泣き続ける。鉄道の駅で、地下鉄やバスで、王立美術館で、陸海軍ストアで、セント・ジェイムズ公園で、民謡コンサートで、繁華街のプリンシズ・スクエアで、バーリントン・アーケード商店街で。向かうところ敵なしだった傑作笑劇「ヘンリーの兎」さえ、ぞっとするほど場違いに湿っぽい女性客が平土間や二階桟敷席にはびこるせいで危機に瀕し、長年たゆまぬ泥仕合を続けてきた最高に華々しい離婚訴訟のひとつが、一部傍聴人による涕泣活動により大幅に興をそがれた。

「いかがはからいましょう?」朝食の献立すべてに官邸づきコックの涙をふりまかれ、子供らをハイドパークへ連れ出す乳母には口もきかずにひたすら泣かれ、という目に遭っている首相が上奏した。

「なにごとにも時がある」が、王のお言葉であった。「譲歩にも時がある。全婦人参政権召し上げ法案を上下両院で可決し、あさって余の署名をもらいにくるがいい」

首相を退出させ、ハーマン短気王またの名を賢王は意味深に含み笑いした。

「猫を殺すには、窒息するほどクリームをあてがうばかりが能ではない」と、ことわざを引いてさらに、「が、いちばんの上策にあらずとも言い切れんのだよな」

(Hermann the Irascible — A Story of the Great Weep)

不静養

　鉄道客車にいたクローヴィスのちょうど真向かいの網棚には、几帳面な字で「スローバラ近郊ティルフィールド、ウォレン荘、Ｊ・Ｐ・ハドル」と、記名タグのついた丈夫そうな旅行かばんが載っていた。記名を実体化した人物はその真下にいて、丈夫そうでやたら落ち着いた風貌にやたら落ち着いた身なり、やたら落ち着いた物言い。たとえ話を聞かなくとも（横にかけた友人相手に、ローマンヒヤシンスの開花遅れやら、教区の麻疹《はしか》流行など世間話に終始していた）、旅行かばんの主の性格や見方がかなり正確に推し量れる。が、通りいっぺんの観察でやすやすと看破されてしまうのも当人には心外とみえて、話題はじきに自分語りになっていった。

「われながら、どうしてなのかねえ」友人に言う。「まだ四十そこそこなのに、初老の深い溝にはまりこんで出られないようなんだ。姉もご同病だよ。どっちも、ものがあるべきところにそろっているのが好き、予定通りにきちんきちんと運ぶのが好き、ものごとすべて通常通りに規律正しく時間厳守で几帳面に、毛筋の狂いも一分の誤差もなくというのが好きなんだ。で、もしもそうならなければやたら気になって心穏やかではいられなくなる。うんと取るに足りない話だけど、たとえば例年、つぐみが芝庭のネコヤナギに巣をかける。それなのに今年に限って、さしたるわけもなく庭塀のツタに行きかかっている。ふたりともほとんど何も言わないが、たぶんどちらも内心ではいらんことをすると思い、ほんの少し神経を逆撫でされている」

「もしかして」と、友人。「違うつぐみかもしれないよ」

「それならとうに考えた」J・P・ハドル曰く。「おかげでよけい悩みのたねが増えたようだ。われわれが生きているうちは、つぐみの差し替えなんかしたいとも思わないよ。そうはいってもさっき言ったように、ふたりともそんな細かいことに一喜一憂する歳でもないんだが」

「なら、足りないのは」と、友人。「不静養《ふせいよう》だね」

「不静養？　そんなの聞いたこともない」

「過度の心労や過労がちの生活でストレスにやられた人がするのが静養、話には聞いているだろう。で、きみは過度の平穏無事が病だから、静養とはまったく逆の養生を要する」

「だけど、そんなのどこでできる？」

「うーん、キルケニーでオレンジ党から立候補してもいいし、さもなきゃパリへ行って不良少年《アパッチ》のいる剣呑な界隈をお宅拝見のはしご、ワグナー作品の大半はガンベッタ作曲だという検証講演をベルリンで行う、そんな感じかな。それにモロッコ内陸地旅行なら時期を選ばない。でも、手堅い効果をあげたければ、不静養はだんぜん自宅でやらなくちゃ。とはいえ君んとこでさてどうするといわれても、これといって何も思いつかないな」

それを聞きつけたとたん、クローヴィスは感電したようになった。これから二日間の泊まりがけで、さして面白みもないスローバラの老いた親戚を訪ねる途中なのだ。停車までにシャツの左カフスにこう書きつけた。「スローバラ近郊ティルフィールド、ウォレン荘、J・P・ハドル」

それから二日後の午前中、姉がカントリーライフ誌を読みふけるモーニングルームにハドルが乱入した。姉がカントリーライフを読むのは毎週この日この時刻この場所と決まっている。みだりに侵入するのはまったく常道に外れるが、ハドルが手にしていたのは、この家では神の下された雷霆《らいてい》にひとしい電報だった。しかも今回のは内容からして青天の霹靂《へきれき》だ。「主教が近隣の堅信式を視察中。牧師館に麻疹《はしか》患者あり宿泊できず、宿お借りしたし。準備に秘書派遣」

「主教はろくに知らないんだよ、話したのは一度だけだ」面識もないのにうっかり主教と話したりして不用意だったと後から気づいたみたいに、J・P・ハドルが弁解がましい声を張り上げた。いち早く受けて立つ構えをとったのはミス・ハドルの方である。弟同様にこの手の落雷はい

やでいやでたまらないのだが、そこは女だけに、雷にも食事をあてがわなくてはならないと本能で察知したのだ。

「とっておいた鴨の冷肉をカレー仕立てにすればいいわ」カレーの日ではないのだが、オレンジ色の電報用小型封筒が来てしまっては、規律正しいしきたりもある程度は棚上げだ。弟は無言ながら、姉の胆力に目で感謝した。

「若い紳士がおみえになりました」と客間女中《パーラーメイド》がとりついだ。

「主教秘書だ！」姉弟は異口同音につぶやくと身構え、知らない人はもれなく悪い人、ただし釈明があるなら聞くにやぶさかではないと態度で表明した。そこへなにやら偉そうに品よく入ってきた若い紳士は、ハドルの考える主教秘書とは似ても似つかない。主教座も諸事物入りだろうに、こんな服飾費のかかった備品を置くゆとりがあるとは思いもよらなかった。顔になんとなく見覚えがある。二日前の列車の向かい席にいた相客をもっとよく見ていたら、来客の正体はクローヴィスだと気づいたかもしれない。

「主教秘書の方ですね?」ハドルは物言いに鄭重を心がけた。

「機密秘書をいたしております」クローヴィスが答えた。「スタニスラスとお呼びください。姓はご容赦を。昼食ですが、ことによると主教とアルバーティ大佐がおみえになるかもしれません。ま、どちらに転んでも私はおりますので」

王族訪問日程の告知にかなり近い物言いだ。

「主教さまは近隣の堅信式をご視察中ですのね?」ミス・ハドルが尋ねた。

「表向きは」不吉な返事につづいて、一帯の広域地図を所望された。

クローヴィスがその地図をなめるように調べる演技に没頭するうち、次の電報が届いた。宛先は「ウォレン荘ハドル気付、プリンス・スタニスラス殿下」クローヴィスが電報に一瞥くれて宣言した。「主教と大佐は午後遅くでないとお着きになりません」そして、ひきつづき地図精査に戻った。

昼食の席はどうも盛り上がらなかった。プリンス然とした秘書はかなりの健啖家だったが、話の腰を手当たり次第に容赦なく折る。食後はうってかわって晴れやかに馳走の礼を述べ、女主人の手に感謝感激のキスをしたのだった。今の行為がルイ十四世時代の優渥《ゆうあく》な宮廷作法か、はたまたサビーヌ族の女を掠奪したローマ人の不埒にならったのかは、いかんせんミス・ハドルの尺度に余った。今日はいつもの頭痛を起こす日ではなかったが、なにぶんの事情だ。主教ご来駕までにいかんなく、と自室へひきとった。クローヴィスはクローヴィスで最寄りの電信局の所在を訊ね、やがて車道をたどって行ってしまった。二時間ほどしてハドル氏と玄関口でかち合い、主教ご来駕はいつになりそうですかと打診された。

「もう書斎に入っておられますよ、アルバーティ大佐とご一緒に」返事はそれだった。

「それならそうと、なんで言ってくださらないんです？　ちっとも存じませんでしたよ！」ハドルは声を高めた。

「他言無用ですので」クローヴィスは言った。「極力伏せております。ゆめゆめ書斎へ顔出しなどなさいませんように。すべて主教のご命令です」

「万事こんなに謎めかすとはどういうわけです？　アルバーティって何者ですか？　それと、主教さまはお茶をおあがりにならないおつもりですか？」

「主教のご訪問目的は血です、お茶ではなく」

「血！」ハドルは息をのみ、雷の衝撃は知り合っても和らぐわけではないと思った。

「今夜はキリスト教圏の歴史に刻まれる、ゆゆしい一夜になりますな」と、クローヴィス。「近隣一帯のユダヤ人全員を虐殺しますので」

「ユダヤ人虐殺ですと！」ハドルが憤慨した。「反ユダヤ蜂起とおっしゃりたいんですか？」

「いえいえ、主教おひとりのご発案です。いま、あちらで計画の詳細を詰めておられます」

「ですが――主教さまはあんなに辛抱強くてお優しい方ですよ」

「まさにお説の通りだからこそ、このたびの効果一入《ひとしお》です。反響絶大でしょう」

それだけはたしかだとハドルも思った。

「主教さまが絞首刑になりますよ！」確信をこめて声を大にした。

「主教でしたら待たせてある自動車で海岸へお連れいたしますし、ヨットもちゃんと手配ずみです」

「ですが、ユダヤ人は近隣全体を合わせても三十人以下ですよ」ハドルは反論した。今朝からのショック続きで、地震のときの電線みたいに頭がふらつく。

「名簿では二十六名です」クローヴィスは手元の書類束をめくった。「さらに徹底的にやっつけられますね」

「サー・レオン・バーベリのような方に暴行を加えるつもりだと言われるんですか」ハドルはしどろもどろになった。「わが国屈指の人望あるお方ですぞ」

「こちらに名前がありますよ」クローヴィスはさらりと言った。「ちゃんと任せられる人材がそろっておりますから、地元からのお手伝いはご放念ください。予備の助っ人にはボーイスカウト若干名を調達しておきましたので」

「ボーイスカウトを！」

「そうですよ。実際に人が殺せると聞いて、大人以上にやる気まんまんです」

「それでは二十世紀の汚点になってしまう！」

「さしずめ、ここのお宅は汚点の吸取紙ですな。お気づきではなかったんですか、欧州全域と合衆国半数の新聞が、事件の写真を出すことでしょう。そういえば、書斎であなたがたご姉弟の写真を見つけてフランスのマタン紙とドイツのディー・ヴォへ紙へ送っておきましたが、問題ありませんね。階段の略図も送りました。おそらく、あの階段で虐殺をあらかたすませることになるでしょう」

J・P・ハドルの脳内にさまざまな感情がたぎり、煮詰まりすぎてろくに言葉にならなかった。息を荒らげながらやっと出てきたのは、「この家にユダヤ人はひとりもおりません」

「今はね」と、クローヴィス。

「警察へ行きますよ」ハドルがにわかに奮いたって大声を出した。

「庭の植込みに」クローヴィスが応じた。「十名を配置し、私の許可なくこの家を出る者は撃てと命じてあります。他にも表門付近は武装警官隊が、裏手はボーイスカウトが固めていますよ」

ちょうどその時、景気よく警笛をたてて乗り入れてくる車があった。ハドルは半ば目覚めきれない悪夢の気分で玄関へ駆けつけた。自ら車を飛ばしてやってきたのはサー・レオン・バーベリだ。「電報もらったよ。なにごと?」

電報? どうも本日は電報ずくめの日だな。

「すぐ来られたし、緊急。ジェイムズ・ハドル」驚いたハドルの目の前に広げられた電文はだいたいそんな内容だった。

「読めたぞ!」だしぬけにハドルが興奮に声をわななかせ、苦悩の目を植込みへ向けると、驚くバーベリを家の中に引っぱりこんだ。玄関ホールにいれたてのお茶が出ていたが、すっかり取り乱したハドルは客人の異議におかまいなく、しゃにむに二階へ引きずり上げ、ここなら束の間だけでも安全でいられるからと、数分後に家の全員を呼び集めた。ティーテーブルにはクローヴィスただひとり。書斎に居座った狂信者どもは恐ろしい陰謀に忙殺され、お茶や焼きたてのトーストどころではないらしい。途中で玄関の呼び鈴にクローヴィスが出てやり、やはり緊急召喚された靴屋のおやじで教区委員のポール・アイザック氏を入れてやった。こうしてかかった新しいカモを秘書はボルジア顔負けにそつなく階段までご案内、招かれざる客を上で待ちうける主人のもとへと送りこんだ。

不気味な緊張が延々と続き、一同じっと身構えた。クローヴィスは一度か二度ぶらりと植込みへ出ていき、そのたびにいちいち書斎へ報告に行った。どうやら手短な報告らしい。夕方の郵便配達人から数通の手紙を受け取り、礼儀正しく二階まで届けた。そしてまたもやしばし姿を見せなくなったあと、階段の途中まで上ってきてこう報告した。

「合図はしたんですが、ボーイスカウトの勘違いで郵便配達人が犠牲になりました。なにぶんこういった仕事は不慣れでして、次からはちゃんとやります」

それを聞いて、殺された郵便配達人と婚約していた女中が声をあげて悲嘆にくれた。

「お姉さまの頭が痛いというのに、少しは抑えたらどうだ」と、J・P・ハドルがたしなめた。

(ミス・ハドルの頭痛は悪化していた)

クローヴィスはあたふたと階段を下りてちょっと書斎へ入り、折り返し伝言を持ってきた。

「ミス・ハドルが頭痛でいらっしゃると主教のお耳に入れましたら、心苦しいとの思し召しで。今後は建物の近くでなるべく火器を控えよとのご意向です。屋内で殺しの必要に迫られたさいは刃物になるでしょう。キリスト教徒であり、また紳士であるという両立の道があってはいけないのか、と仰せです」

それっきりクローヴィスは雲隠れし、午後七時ごろ、泊まり先の親戚の老人に晩餐の着替えをするよう言われた。だが永別したというのに、ハドル家のほうでは階下のどこかにまだあいつがいるのではという不安を拭いきれず、夜っぴて一同まんじりともせずに階段のきしみ、植込みを揺らす葉ずれの気配にいちいち肝を冷やした。ようやく朝の七時ごろに庭師の息子と朝の郵便配達人が来て、まだ二十世紀に汚点はないと皆を納得させてくれたのだった。

「不静養ってさ」朝早くロンドンに戻る列車の中で、クローヴィスはつぶやいた。「せっかくやってあげても、これっぽっちも感謝されそうにないんだよね」

(The Unrest-Cure)

アーリントン・ストリンガムの警句

アーリントン・ストリンガムは下院で警句を飛ばした。アングロサクソンには多くの切り口《アングル》があるまうんぬん云々と、中味が薄い建物だけに、警句もごく薄味になった。たぶん本気でウケたわけではなかろうが、目をつぶっているから睡眠中と思われたくない同僚議員のひとりが笑ってやった。それを一紙か二紙が（笑）と括弧つきで書き、雑な政治記事で定評ある別の新聞は（大笑）と記した。ものごとの発端はよくそんなふうに始まる。

「アーリントンがゆうべ、国会で警句を飛ばしたのよ」エリナー・ストリンガムが母に言った。「結婚して何年にもなるのに、これまで二人とも警句なんか言ったことないし、今更その気もないわ。この件はリュートに入りはじめた亀裂じゃないかしらって気がするの」

「なんのこと、リュートなんかあるの？」母が尋ねた。

「言葉のあやよ」エリナーが言った。

何事も言葉のあや、ということにしておくのが面倒回避の定道だとエリナーは見ていた。ちょうど、そろそろ旬をはずれかけてトウのたったラムを「マトンよ」と言っておけば、常に予防線を張れるのと同じことだ。

当然ながら、アーリントン・ストリンガムは破滅の手招きするウケ狙い警句道のいばらを踏しめて進み続けた。

「青草茂れる田園なれど、しょせん田舎は草深きもの」二日後、妻にそうかました。「とても斬新だし、なんならすごくうまいと言ってあげる。でも、せっかくだけど使いどころをお間違いのようね」妻はざぶりと冷水を浴びせた。その一言をひねり出すまでの夫の労苦いかばかりか、そこに思い及んでいればもっと言いようがあったかもしれない。陰の労苦があまりにしばしば見落とされ、察してもらえないのは悲劇である。

アーリントンは無言だった。傷ついたからではなく、返し文句を必死で考えていたせいだ。その沈黙を、わかってないなあ、という意味に邪推した妻は、腹立ちに任せて暴走してしまった。

「レディ・イゾベルにおっしゃったほうがいいわ。あの方なら大ウケ間違いなしよ」

レディ・イゾベルはペキニーズを飼う人しかいない時に薄茶のコリーをどこへでも連れ歩き、王立植物園主催のアフタヌーンティーでいっぺんに青りんごを四つも平らげたことがあり、いきおいかなり人を選ぶユーモアセンスで知られていた。うるさがたによるとハンモックに寝てイェイツの詩を解するそうだが、身内はどちらも否定している。

「亀裂が深淵に広がりそうだわ」その午後、エリナーは母に嘆いた。

「それ、他言無用にしておくわね」つらつら考えた末に母が言った。

「だったら私もあんまり口にしちゃいけないのね？　でもどうして？」

「だって、リュートに深淵なんかできるわけないでしょ。そんなに大きくもないのに」

午後になっても、エリナーはずっと裏目に出てばかりだった。ボーイを図書室へやったら、読んだことを口外できないたぐいの本『ほんの出来心の泥沼』を頼んでおいたのに、『本邦の湖沼と原野』を持ってこられてしまった。ありがたくもない代用品には、著者が北部の週刊紙に寄稿した自然に関する文章が収録されていたが、大いなる不満を抱えて、無駄に費やされた人生の痛ましい物語を読むつもりでいた人間にとって、次のような文章は苛立たしいことこのうえなかった。「私たちのもとに可愛い黄青鵐《きあおじ》がたくさん集まってきて、藪《やぶ》やこんもりした丘からおそろいの黄色い羽を見せびらかしていた」嘘を書くにもほどがある。そのあたりに藪やこんもりした丘はほとんどないし、黄青鵐ならくさるほどいて、でたらめにでもわざわざ書く値打ちはなかろう。おまけにべったりと真中分けに髪をなでつけたボーイはその場に立ったまま、愛憎どろどろのはしたない話なんか興味ありませんという顔で、かたくなに我関せずを決めこんでいる。若造嫌いのエリナーは、嫌というほど鞭でぶっ叩いてやりたくなった。もしかすると、子どものいない女の愛情がぶつけ先を求めていたのかもしれない。

あてずっぽうに違う段落へ移る。「年古りたナナカマド樹のかたわらでシダや木苺に隠れて谷間に横たわっていると、初夏はほぼ夜ごとにノドジロムシクイのつがいがイラクサの茂みをかいくぐって奥の巣へと出入りするのをご覧になることもあろうかと」

楽しさを演出したつもりだろうが、メリハリのない文章にうんざりだ！　王立劇場最高の名場面にそんなぐだぐだのセリフが出てきた覚えなどただの一夜もないし、夏のイラクサの茂みを「ほぼ夜ごと」かいくぐって出入りするノドジロムシクイをご覧になることもあろうかと、なんて言いぐさ自体が読者の知性を見くびっていて失敬という気がする。お目汚しの気分直しにというボーイの気遣いで晩餐の献立がきていたので、いらだちながら目を転じた。と、「兎のカレー」という文字にぶつかり、ひそめぎみの眉間に不興のしわがいっそう刻まれた。お抱えコックはお膳立てすれば結果が出ると信じて疑わず、兎肉とカレー粉を一緒くたに煮れば自然と兎のカレーになるはずだとかたくなに思い込んでいる。しかも晩餐に来るはずの客はクローヴィスと、あの嫌味なバーティ・ヴァン・ターンだ。警句のおかげでその日どれほど苦労させられたかをアーリントンに知らせれば、思いとどまってくれるはずだとエリナーは思った。

その晩餐の席で、ある政治家の名を出したのはエリナー自身だった。差し障りがあるので、かりにXとでもしておこうか。

「Xは」アーリントン・ストリンガムが言った。「メレンゲの魂の持ち主だな」

何かと重宝なフレーズだ。その日は四人の著名政治家にまったく同じ表現をあてはめ、使う機会を四倍に増やしてきた。

「メレンゲに魂なんかありませんよ」エリナーの母が言った。

「なくて幸いだね」クローヴィスだ。「あれば年がら年中なくしかけるだろうし、うちの叔母みたいな連中がメレンゲ伝道に立ち上がり、メレンゲに神の教えを伝えさせていただけて実にすばらしい、彼らからはさらにすばらしい魂の学びをさせていただいております、とかなんとか口走りだすよ」

「メレンゲから何を学ぶというの？」エリナーの母が尋ねた。

「うちの叔母はさる元子爵直伝の自己卑下で、昔から有名な人ですからね」クローヴィスが言った。

「それよりコックにカレーの作り方か、さもなきゃ作らないでおく分別を学んでほしいもんだ」アーリントンがいきなり乱暴に言いだした。

エリナーの顔つきがふっと和らいだ。深淵が生じていなかったころの、慣れ親しんだ夫の物言いそのままだ。

そして外務省決議の審議中、ストリンガムは決定打の警句を放った。「クレタ島民は、不幸にも地元で消費できる以上の歴史を生産しております」気の利いたものではないが、だらけたスピーチの只中に放ったので議場は大いにわき、記憶が不確かになった長老たちにはディズレーリばりだねと言われた。

アーリントンの最新作にエリナーの目を向けさせたのは、仲良しのガートルード・イルプトンだった。最近のエリナーは朝刊を読まないようにしていたのだ。

「とても斬新ね、それにすごくうまいと思うわ」エリナーは評した。

「うまくて当たり前よ」ガートルードに言われた。「レディ・イゾベルの警句はどれもこれもぴりっとしているし、繰り返し使ってもマンネリにならないのがいいわね」

「あの方の警句っていうのは確か?」エリナーが尋ねた。

「あらやだ、ご当人の口から十回以上は聞いたことあるわよ」

「主人の警句の出所はそこだったのねえ」おもむろに言うエリナーの口もとを、深く険しいしわがいくつもとりまいた。

睡眠薬の飲み過ぎでエリナー・ストリンガムが死んだのは、折しもあまり行事のない社交シーズン末だったので、あるていどはあれこれ憶測の的にされた。カレーの責任重大を誇張しすぎたきらいはあったものの、クローヴィスは家庭内の悩みが原因だろうとほのめかした。

そして、もちろんアーリントンは事情をまったく知らなかった。自分の警句による最大の効果を見落としてしまったとは、まさに一生の悲劇であった。

(The Jesting of Arlington Stringham)

スレドニ・ヴァシュタール

　コンラディンは十歳だが、かかりつけの医者からはあと五年もたないと言われていた。お愛想がうまいだけの藪医者だったが、ほぼ万事をとりしきっているミセス・デ・ロップには盲信されていた。ミセス・デ・ロップはコンラディンの保護者を兼ねる従姉で、この世の五分の三にあたる必要悪の現実を体現し、コンラディンと空想世界でできた残り五分の二と永遠にせめぎあう存在と目されていた。遠からず、必要悪のうんざりする重みに押しつぶされてしまうだろうという自覚はある――病気による体調不良、縛りの多い日常、いつ果てるともない退屈といった重みに。孤独という拍車をかけた奔馬のような想像力がなければ、とうにつぶれていたことだろう。

　ミセス・デ・ロップは、いくら自分に正直になっても、コンラディンを毛嫌いしているという本音を認めようとはしなかったが、「ためを思って」コンラディンを邪魔だてする保護者の役どころがさほどいやではない、というのはなんとなく気づいていたらしい。コンラディンはという と相手を徹頭徹尾嫌っていたが、断じてしっぽをつかませなかった。ごく限られた楽しいことを計画できる時は、保護者がさぞいやがるだろうなと思うだけでよけいに楽しくなるし、自分の想像の世界からは彼女を断固締め出した――不浄の者に見つかる入口など皆無というわけだ。

その家の、およそ活気のない庭はたくさんの窓に面しており、なにかというとすぐ開いて、これはだめ、あれはだめ、お薬の時間ですよなどと呼び立てられるので、まったく楽しくなかった。なりものの木も数本あるにはあったが、不毛の空き地に生い育った希少種の標本植物かというほどやっきになって実をとらせまいとする。かりに一年分の収穫をまとめて売ろうとしたって、十シリング出してくれる商売人はまずないだろう。しかしながら、うっそうたる植込みにさえぎられて目立たない奥の片隅に、使われなくなったかなり大きな物置があり、中はコンラディンの遊び部屋にも神殿にもなる天国だった。中の住人は慣れ親しんだ幻たちで、歴史の本から拾ってきたものも脳内の産物もいたが、きちんと血肉をそなえた仲間もふたつあった。ぼさぼさのフーダン種の牝鶏が隅っこで飼われ、愛する対象のろくにない少年の愛を一身に浴びていた。もっと奥の暗がりには二つに仕切った大きな木箱があり、仕切りの片方には鉄格子ががっちりはまっている。これこそは、ずっとへそくりにとっておいた銀貨とひきかえに、気のいい肉屋の小僧に檻《おり》ごとこっそり運びこんでもらった大イタチだ。しなやかな体と鋭い牙は死ぬほど怖いとはいえ、コンラディンの至宝だった。物置に大イタチがいるというだけで嬉しくてぞくぞくするし、ひそかにつけた従姉の呼び名「あの女」には絶対内緒だ。あるとき天啓がくだってすばらしい名を思いつき、以後はあの獣を自分の神として崇めるようになった。信心びたりの「あの女」は週ごとに最寄りの教会へコンラディンを連れて行くが、教会の礼拝などコンラディンにとっては「リンモン神殿の異教儀式」に過ぎない。木曜ごとにかびくさく暗い静かな物置で、偉大なるイタチ神スレドニ・ヴァシュタールのおわします木箱の前にひざまずいて凝った秘儀を捧げ、季節に応じて赤い花や、冬には真紅の木の実を供えた。コンラディンの見る限り、スレドニ・ヴァシュタールは「あの女」の神とはまっこうから相容れず、ことを苛烈に荒立てて特に試練を与える神だからだ。大祭ともなれば木箱の手前に粉末ナツメグをまくのだが、盗んだナツメグ限定というのが肝腎な点だった。大祭の日取りは特に定まっておらず、なにか進行中のできごとを祝って行われる。ミセス・デ・ロップの歯痛が三日続いた時などは三日間ぶっ通しで大祭を斎行、「あの女」の歯痛をスレドニ・ヴァシュタールのご利益と信じこみそうになった。あと一日でも歯痛が延長しようものなら、家中の粉末ナツメグが底をつくところだった。

フーダン種の牝鶏はスレドニ・ヴァシュタール信仰に引き入れられたことはなかった。かなり前に再洗礼派信者《アナバプティスト》に設定していたからだ。アナバプティストってどんなものかまったく知らないが、あまり偉ぶらない粋なものであってほしいと内心願っていた。物差となるのがミセス・デ・

ロップだったので、偉ぶるやつはことごとく大嫌いだった。

やがて、ミセス・デ・ロップは物置小屋へ入り浸るコンラディンに気づき、「降ろうが照ろうがあんなところで遊ぶなんて、ためにならない」と即決、ある日の朝食の席で、ゆうべあの牝鶏は売ってしまったと告げた。そうして近視メガネ越しにコンラディンの顔色をうかがい、怒りや涙の兆候をみとめたらさっそく叱りとばして説教しようと待ち構えた。ところがコンラディンは黙っている、何も言うことがないのだ。こわばって血の気をなくした顔にはミセス・デ・ロップもさすがにちょっと気がさしたのか、アフタヌーンティーにはいつもなら禁じているおいしいトーストを出した。理由は体に悪いから、それと中産階級の女からすれば重罪の「手間だから」。

「まったく手つかずのトーストを見て、「好きだったはずでしょ」と、ムッとして声をあげた。

「そういう時もあるけど」コンラディンは答えた。

その夕方の物置では、檻にいます神への祈りに変化があらわれた。それまでのスレドニ・ヴァシュタールをたたえる祭文《さいぶん》に替えて、今夜は願いごとをしたのだ。

「スレドニ・ヴァシュタール、なにとぞ一願成就なしたまえ」

内容は口にしない。スレドニ・ヴァシュタールは神なのだから、口にせずともわかるはずだ。牝鶏のいない片隅に目をやって嗚咽《おえつ》をこらえ、憎んでやまない世界へ戻った。

それからは、おあつらえ向きに灯のない自室で夜ごと、物置小屋の暗がりで夕ごとに、コンラ

ディンは悲痛な祈りをあげた。「スレドニ・ヴァシュタール、なにとぞ、なにとぞ一願成就なしたまえ」

ミセス・デ・ロップはコンラディンの物置通いがやまないのに気づき、ある日またしても調べに行った。

「あの錠つきの箱に何を飼ってるの？　おおかたモルモットだろう。きれいさっぱり処分してしまうからね」

コンラディンは頑として口を割らなかったのに、「あの女」はコンラディンの部屋をなめるように漁《あさ》って念入りに隠した鍵を探しあて、木箱を開けに物置へ行った。昼過ぎからは冷えこんだので外へ出るなと言われ、コンラディンは食堂の奥へ行って、植込みのかなたに物置小屋の戸口がいくらか見える窓辺に陣どった。「あの女」が入っていくのが見え、聖なる木箱を開けてふかふかの藁にひそむ神さまを上からのぞきこむ近視メガネを思い浮かべた。もしかすると、じれてぶきっちょに藁をつつきまわすかも。コンラディンは小声で最後の祈りを懸命にささげたが、祈りながらも願いが叶えられるとは思っていなかった。よくわかっている。じきに、「あの女」が虫唾《むしず》の走るいつもの薄笑いを浮かべて出てきて、神性を失ってただの茶色いイタチになってしまったあのすばらしい神は、一、二時間もすれば庭師の手で持ち去られてしまうだろう。わかっている。「あの女」が今そうしているように今後ずっと勝ち誇ってみせることも、頭ごなしに小賢しい説教をさんざん浴びせられた自分の容態が悪化し、もう何もかもどうでもよくなって、いずれは医者の思惑通りに最期を迎えることも。徹底して打ちのめされた気分に抗い、コンラディンは風前の灯となった神への祭文を大声で唱えはじめた。

スレドニ・ヴァシュタール様は征《ゆ》く
御旨《みむね》は赤く、御歯《おんは》は皓《しろ》く
和を乞う敵には死を賜《たま》う
スレドニ・ヴァシュタール　麗しの神

そこでいきなり朗唱をやめ、窓に顔をくっつけるようにした。物置の戸は相変わらず開けっ放しのまま、分刻みで時がたってゆく。ずいぶん長くかかったが、なんとか過ぎていった。椋鳥《むくどり》が仲間とつるんで思い思いに芝生を走り、飛びたつさまをじっと眺める。何度もその鳥たちを数えながらも、片目は物置の戸から離さなかった。仏頂面の女中がテーブルにお茶のしたくをはじめても窓辺を離れず、目を離さずにずっと立ち続けた。それまでに心にわずかずつ染み入った希望が勝利の見込みに転じるや、敗北の悲しみに耐えるばかりだった目がらんらんと光りだした。つのる喜びを隠し、声をひそめて滅敵勝利の祭文をまたもやあげにかかる。その甲斐あってじき

に見えたのは、物置の戸口から出てきた低く長い、黄と茶のすんなりした獣の姿だった。衰えゆく陽ざしをまぶしがって目をしばたたき、あごや喉もとの毛には黒っぽい汚れが飛び散っている。コンラディンはひざまずいた。偉大なるイタチさまは庭の奥まった小川へ近づいていって喉をうるおすと、橋板を渡って植込みに消えた。かくて、それがスレドニ・ヴァシュタール神の見納めとなった。

「お茶ができたわよ」仏頂面の女中に言われた。「奥さまは?」

「さっき物置へ行ったよ」コンラディンは答えた。

女中に奥さまを呼びに行かせると、コンラディンはサイドボードの引出しからトースト用のフォークを出して焼きにかかった。そして焼く途中も、焼き上がりにたっぷりバターを塗ってじっくり堪能しながらも、食堂のドアをへだてて交互に繰り返される騒動と沈黙のぶつ切りに耳をすましていた。あの女中の間抜けな悲鳴が上がり、台所からてんでに驚きの声が応じ、走り回る音、外へ助けを呼びに飛び出していく音、そしてしばらく間があって、怯えたすすり泣きと、数人がかりで重い荷物を家に運びこむ気配。

「かわいそうに、あの子にいったい誰が知らせるの？　あたし絶対に無理！」震え声を張り上げる者があった。そして、みんなしてその件を押しつけ合うのをよそに、コンラディンはトーストをもう一枚焼いたのだった。

(Sredni Vashtar)

エイドリアン

順応の章

ジョン・ヘンリーなんてつけられちゃってお先まっくらだねと洗礼登録係に言われはしたが、そんな名前は小児につきものの他の病気一式もろとも卒業してしまい、友人たちにはエイドリアンの名で通している。母親の住所はベスナル・グリーンとはいえ、必ずしも息子が責められるいわれはない。家族の由緒にはうんざりさせられ通しであっても、出身地がつねにそうとは限らない。それにベスナル・グリーンにも見るべき点はある——次世代へ持ち越される場合がめったにないところなど。エイドリアンの住むアパートは、Wのつく恵まれた星回りの場所にあった。

彼自身にさえ、謎の部分が多すぎるこれまでの来《こ》し方であった。親身に耳を傾ける知人たち向けには、かなり芝居がかった脚色をほどこした苦労話をしていたが、たまたま事実と細かい点が合致していたらしい。しかるべき身なりと、いい食べっぷりをひっさげて、たまにはリッツやカールトンで奢《おご》ってもらおうとする者たちの中から頭角をあらわしたことだけはたしかだ。ご馳走になっていた相手はたいていルーカス・クロイデン、年金三千ポンドと世慣れた処世術をそなえ、逆立ちしてもありつけない人間に完全無欠の料理をふるまう趣味があった。三千ポンドの年金といいかげんな舌を持つ者にありがちなことにルーカスは社会主義者で、千鳥の卵を日常の食材にしてやり、フルーツサンデーとフルーツポンチの違いを正しく教えこまなくては、大衆の地位向上は画餅に終わると主張していた。定食屋のカウンターから若者を引きずり出して一流料理の口福を教えるのは偽善の優しさだと友人たちに注意されても、優しさとは偽善だよと返すのがつねだった。そこだけは当たっているかもしれない。

ルーカスがいつものようにエイドリアンを相伴させた後、叔母ミセス・メバリーと出くわしたのは、あかぬけていながらいまだに家庭的な気持ちをかきたてる、ほかの場所なら右から左へ忘れてしまいそうな親戚に出会う喫茶店であった。

「ゆうべ一緒にお食事していた美青年はどなた?」叔母が尋ねた。「あなたごときの餌食にはもったいないくらい性格がよさそう」

スーザン・メバリーはすてきな女性ではあったが、しょせん叔母は叔母だった。

「ご家族はどういうかた?」甥のとりまきの名前（改訂版）を訊いたあとでそう続けた。

「母上のお住まいはベス――」

階級差別になりかねない一線をまたぐ寸前で、ルーカスはあやうく踏みとどまった。

「ベス？　どこよ？　小アジアっぽいわね。そのお母様は領事館の関係者？」

「違いますよ。貧民の間でお仕事をなさってます」

今度のはきわどい嘘ぎりぎりだった。エイドリアンの母は洗濯屋で働いている。

「ふうん。伝道関係の慈善事業ね。なら、あの若者を見ててくれる人がいないわ。ひどい目に遭わないようにしてあげる後見役はどうやら私のつとめみたいね。そのうち連れていらっしゃい」

「あのね、スーザン叔母さん」ルーカスは打ち明けた。「ぼくもほとんどよく知らないんです。もっと、そのう、近づきになれれば、そんなにいい人じゃないかもしれませんよ」

「すてきな髪だけど、口もとがひ弱ね。ホンブルクかカイロにでも連れて行こうかしら」

「そんないかれた話ってありますか」ルーカスは腹を立てた。

「ま、うちの血筋はいかれた気質が色濃いからね。あなたに自覚がなくても、お友だちにはひとり残らず気づかれているはずよ」

「ホンブルクは人目がありすぎです。せめてエトルタで足慣らしなさったら」

「で、フランス語で話したがるアメリカ人に囲まれろって？　まっぴらよ。アメリカ人は大好きだけど、フランス語を話したがるのはやめてほしいわ。イギリス英語は試そうともしないからありがたいわね。明日の五時にあの若いお友だちをうちに連れていらっしゃい」

そして、叔母とはいえスーザン・メバリーの生ぐさい女ぶりをつきつけられたルーカスは、何が何でもわがままを通すつもりなのを悟った。

やがてエイドリアンはメバリー家の丸抱えで外遊した。ただし、メバリー家の体面に支障これありにつき、保養地のホンブルクや他の高級リゾート地とは充分な距離をおいて回避、エンガディンの裏手にあたるアルプスの小さな村ドールドルフで最高のホテルに投宿した。夏場はスイスの名勝ならばよくある一般観光客向けのリゾート地だが、エイドリアンには珍しいことずくめだった。山地ならではの空気、規則正しくたっぷり出る食事、とりわけ上流の雰囲気には、温室にうっかり迷いこんだ雑草がむんむんたる熱気にあてられたようにやられてしまった。これまで生まれ育った世界では、何かを壊せば犯罪とみなされ、応分の弁償を求められた。ところが物をめちゃくちゃに壊しても、手口とタイミングさえうまくやればかえって面白いやつと言われるとなれば、目新しくて有頂天になった。社交界のはしっこをのぞかせてあげるわとスーザン・メバリーにあらかじめ言われていたので、ドールドルフという形をとった社交界のはしっこでしだいに知られるようになった。

ルーカスはアルプス滞在のもようを伯母やエイドリアンでなく、やはりメバリー家のとりまきとしてついていった筆まめなクローヴィスの手紙で把握していた。

「昨夜、スーザンが催した余興の夕べはさんざんでした。予想的中でしたよ。特別に可愛げのないグロブマイヤー家の五歳児が可愛い『しゃぼん玉《バブルズ》』（ジョン・エヴァレット・ミレー作の幼子の絵。石鹸の広告に使われ有名になった）に扮して前半の部に出演、途中休憩をしおに寝にやられました。で、エイドリアンは乳母が降りていったすきをうかがってその子をかっさらうと、ろくに仮装もさせずに後半に登場させて、芸をする豚でございと披露しました。いやほんと、見た目がまんま豚だし、鳴き声といい、よだれまみれといい、真に迫りまくりです。正体をずばり見抜いた人はいませんでしたが、だれもかれもすごく気が利いているねと好評、特にグロブマイヤー一家には大ウケしていました。三度目のカーテンコールでガキはエイドリアンにこっぴどくつねられ、『ママァ！』と悲鳴です。ぼくの説明はうまいそうですが、その時のグロブマイヤー家のセリフや行動を説明しろなんて言わないでね。シュトラウスの曲に怒りの詩篇をつけたような案配でしたよ。それで、ぼくら一行は谷間から宿替えし、やや高地のホテルに移りました」

クローヴィスの次の手紙はホテル・シュタインボックで書かれ、五日後に届いた。

「けさがたホテル・ヴィクトリアを出ました。わりと快適で静かな宿でした――少なくとも到着した当座は、物静かで落ち着いた雰囲気でしたよ。それが部屋に入って二十四時間たたないうちにエイドリアン曰く、『よくなついた鯉みたいに』静かな落ち着きが雲散霧消です。といっても、けしからん不法行為があったわけじゃないんです。ゆうべ、なかなか寝つけなかったエイド

リアンがふざけ半分に同じ階のルームナンバーを全部外して入れかえてしまうまでは。しかも浴室の表示プレートを隣にあったホフラート・シリング夫人の部屋につけたおかげで、何も知らない泊まり客が朝の七時からひっきりなしに部屋に入ってくるんです。夫人は驚くやら怒るやら、ドアに鍵をかけてしまったらしい。で、シャワーを浴びようとした人たちはあわてて戻ろうとしたんですが、当然ながらルームナンバーがでたらめでしょ、さらに迷子になってしまって、あられもない格好の人々が廊下のそこかしこで右往左往。穴にイタチが入りこんで、のぼせて逃げ回る兎って寸法ですな。お客全員がちゃんと自室におさまるまでかれこれ一時間ほどかかり、われわれがホテルを出ても、フラウ・ホフラートはまだ不安が尾を引いていましたね。スーザンはいささか心配になってて

きているようです。エイドリアンは文なしだし、家族の所在を知らないから送り帰すこともできず、あっさり放逐して路頭に迷わせるってのもうまくない。母親はほうぼう動き回ってるし、現住所をなくしてしまったというのがやつの言い分です。戻って家族にありのまま言えば大ごとになるんでしょう。どうもきょうびは、家族げんかなんて世間公認の暇つぶしだぐらいに考えている若造がごろごろいるようですな」

ルーカスが旅の仲間からもらった次のお便りは、ミセス・メバリー本人からの電報だった。「返信料金前納」扱いで、これだけ打ってきた。「だから、ベスっていったいどこなのよ?」

(Adrian)

レストランに、いつになくふっと沈黙の間があいた。珍しくもオーケストラがアイスクリーム・セーラーワルツを流していないひとときだった。

「あの話、したことあったっけ」クローヴィスが連れに、「食事中の音楽にまつわる悲劇だよ？グランド・シバリス・ホテルのガラの夕べには、宴会場のアメジストの間《ま》で特別献立が出されることになっていた。アメジストの間といえばほぼ全欧州、とりわけ歴史上ヨルダン渓谷といわれる地域でよく知れわたっていた。料理は最高、オーケストラも高給で連れてきた文句なしの粒ぞろいだ。だからぞろぞろ集まる客の群れは極めつきの音楽通かおおむねそれに近い音楽通、あとの圧倒的多数が並の音楽通で、チャイコフスキーという名の読みも知っているし、あらかじめ言っておいてやればショパンのノクターンも数曲ぐらいはわかる。そんな連中がまるでひらけた場所で餌をはむノロジカよろしくぴくつき、とってつけたように口を動かしながら必死に耳をすまして、オーケストラがなにか聞き覚えのある曲をやってくれないかなとずっと思ってるんだ。『そうそう、パリアッチだよ』スープの直後に音楽がはじまると、ぼそっとそんなふうに言うだろ。で、自分より詳しい連中から物言いがつかなければ、演奏に加勢する気で小さくハミングしはじめる。スープと音楽が一緒に出てくることもあるんだけど、そんなときは食べる合間に何とかハミングしてのける。熱心なファンがポタージュ・サンジェルマンをすくう合間にパリアッチを口ずさむ顔つきって、決して見よいもんじゃないけど、人生のあらゆる面を観察したければ見ておくべきだよ。見まいとして顔をそむけたぐらいじゃ、俗世の不快が減るわけないんだし。

前述の客筋に加えて、音楽は全くわからんという手合いもけっこうアメジストの間にやってくる。そこへ来合わせた理由といったら、食事だろうと見当をつけるほかないね。

その夜の晩餐で、序盤はひとまず区切りがついた。ワインリストを見せられた中には、奥地の密林みたいな旧約聖書にわけいって小預言者の所在をつきとめよ、といきなり名指された生徒もどきに立ち往生したり、かと思うと載っている高額ワインの産地にほとんど行ったことがあると匂わせ、内情のあら探しでもするような鵜《う》の目鷹の目でリストを吟味する者もいた。後者に限って聞こえよがしに甲高い声で注文し、芝居がかったせりふをふんだんにつけたす。やれコルクを抜くときは瓶の口を必ず北向きにしろだとか、ウェイターを必ずマックス呼ばわりして、何時間も凝った自慢話をする以上の効果をてっとりばやく上げようとする。ワインと同じぐらい、客の吟味もしないといけないいけどさ。

陽気な客席のわきで太い柱の陰に隠れて、晩餐の関係者らしいがお客ではない男が一心不乱に客席を見守っていた。ムッシュウ・アリスティード・ソークールはグランド・シバリス・ホテルの名物シェフで、自分の腕に匹敵する者がいても、その事実を絶対に認めないやつだった。自分のなわばりである厨房では冷血な絶対君主でね、天才だから冷血でも許されるというより、むしろ己が天才の求めに応じてふるまうと冷血になっちゃうんだな。およそ許すってことを知らないから、そんなはめにならないよう、部下たちの方で神経をつかっていた。厨房の外では、彼の手になる料理は垂涎の的で、影響力がある。ただし、その影響力の深浅のほどについては推し量ろうともしない。そこが天才の業《ごう》であり強みでもあるんだが、世間一般がおおざっぱに目方を量るところ、あいつらは貴金属なみに精密なトロイ・オンスを使うんだ。

この巨匠、自分の力作が及ぼした効果を見届けたいという気をよく起こすんだね、白熱した砲撃戦のさなかにクルップ兵器会社の社長が戦場へ出たがるみたいなもんさ。で、この時もそうなった。腕によりをかけて呆れるほどの完成度に高めたひと皿を初披露する、グランド・シバリス・ホテル開業以来という晴れの晩だったからな。カヌトン・ア・ラ・モード・ダンブレーヴ。生成《きな》りの紙に浮かぶ細い金文字は、いかんせん素養の足りない大半の客にはちんぷんかんぷんだ。

それでもたかがこの数語を印刷するために、どれだけ高度な匠の技が駆使され、どれほど門外不出の口伝が結集したことか。何しろ、南仏ドゥー・セーブル県で美味珍味三昧のあげくに飽食で死んだ子鴨が料理のメイン食材となり、つけあわせには、サクソン英語至上主義者でもマッシュルームと呼ぶのをためらうほどのシャンピニオンがしなびた体をけだるく横たえ、ルイ十五世晩年のみぎりに発明されたソースが不滅の過去から召喚された。理想の味を出すためにここまで人事を尽くし、仕上げの一筆は天才――アリスティード・ソークールの天才だよ。

さてさて、いよいよあのすばらしい料理が出される時がやってきた。世に飽きた大公たちも、金もうけのことしか頭にない大立者も人生最高のひとときだったという、あの一品だ。まさに時を同じくして、別のできごとが起きた。高給取りぞろいのオーケストラのコンマスが、愛用のヴァイオリンをやさしくあご下にあてがい、目をつぶってメロディーの海に漕ぎ出したんだ。

『おっ！』客の大半がそう言った。『花鎖《はなぐさり》の歌だ』

ランチタイムもティータイムも前夜のディナータイムにも同じ曲をやっていたから、忘れるひまがなくて、ちゃんと花鎖の歌だとわかったんだよ。

『そうだね、花鎖の歌だ』客同士でうなずき合った。その件について異論の声はなかった。オーケストラはその日すでに同じ曲を十一回演奏し、四回までは意欲もあったがあとの七回は惰性のなせるわざだったんだけど、耳になじんだ音楽は熱い喝采を受けた。テーブルの半数からさかんにハミングが起き、熱心な聴衆の中にはナイフとフォークをおろして、しかるべき切れ目がきたら、まっさきに大きな拍手をしようと身構える者もいた。

で、カヌトン・ア・ラ・モード・ダンブレーヴは？　アリスティードは顔色をなくして棒立ちになり、料理が無視されて冷めてしまうか、さらに腹が立つのは音楽を盛大にほめたたえる片手間につついて、おざなりに食べるという仕打ちに呆然としていた。その夜、仔牛レバーにベーコンとパセリソースをあしらって出したとしても、ここまで悲惨な目には遭わなかっただろうね。料理の巨匠は人目を避けて柱によりかかり、やり場のない頭がしびれるほどの憤怒に息をつまらせたというのに、オーケストラのコンマスは四方八方から万雷の拍手を浴びて幾度となくおじぎしている。同僚へ向いて、アンコールの合図にかかるくうなずいてみせた。だけど、ヴァイオリンをまた構えるより先に、柱の陰からはじけるような大声がした。

『やめやめっ！　やめなさーい！　二度と弾くでなーい！』

心外に思ったコンマスはかんかんになってそっちを向いた。相手の目を読んでいれば、やりようはまた違っただろうけど、何しろ、まだ耳に今しがたのやんやの喝采がわんわん鳴ってるからね、こうどなりつけちゃった。『そんなの、おれの勝手だ！』

『だめ！　あれ二度と弾くでなーい！』大声を上げた次の瞬間、名物シェフは世の絶賛を横取りした憎い相手に猛然と飛びかかった。折しもあとから来た客のために、巨大な金属のスープ入れがなみなみと湯気の立つスープをたたえてサイドテーブルに出されたばかりだった。で、サービススタッフにもお客にも事態を悟られないうちに、もがくコンマスをサイドテーブルへ引きずっていくと、煮え湯と変わらないスープへ頭をざぶりとつっこんでやった。はるか隅の方からは、ときどき思い出したようにアンコール催促の拍手が起きていたね。

コンマスはスープに溺死したのか、音楽家の沽券を損なわれて憤死したのか、火傷で死んだのかは医者の所見が割れたままだった。もう完全に一線を退いてしまったムッシュウ・アリスティード・ソークールの意見はつねに、溺死じゃないかなというほうに傾いているよ」

(The Chaplet)

求めよ、さらば

いつにない静けさに包まれたエルシノア荘ではあったが、その静けさは、永遠の別れを思わせる騒々しい歎きの声にいくどとなく破られた。マムビー家の赤ん坊がいなくなったのだ。静かになったのはそのせいだが、しじゅう家族が大声で呼びたてながらなりふり構わず必死で探しており、やっぱりまだ家のどこか目につかない場所にいやしないかと戻ってくるたびに、家や庭に響きわたるほどの大声を出すのであった。しぶしぶ短期のお泊まりで来ていたクローヴィスは、庭のひときわ奥まったハンモックでうつらうつらしていたところへ、ミセス・マムビーの口からその件を知らされたのだった。

「うちの子をなくしちゃったわ」と、彼女が金切り声を上げた。

「死んだんですか、逃げたんですか、それともトランプの賭けのかたに連れていかれた?」面倒くさそうにクローヴィスが尋ねた。

「ごきげんで芝生をよちよち歩いていたんです」ミセス・マムビーが涙ながらに続けた。「ちょうどアーノルドが来たので、アスパラガスにはどんなソースがいいかしらと尋ねているうちに――」

「オランデーズソースならいいんですけど」にわかにクローヴィスが話に乗ってきて、合いの手を入れた。「だって、ぼくに嫌いなものがあるとすれば――」

「そうしたら、いきなりふっといなくなっちゃって」あいかわらず金切り声で、「どこもかしこも探しました。高いところ、低いところ、家も庭も門の外も。なのにぜんぜん見当たらないの」

「声の届く範囲にいますか?」と、クローヴィス。「さもなければ、二マイルは離れているはずです」

「でも、どこへ? それにどうやって?」母親がうろたえた。

「鷲か野獣にさらわれたのかな」クローヴィスが答えた。

「サリー州には鷲も野獣もいないわ」ミセス・マムビーは言い返したが、声にじんわり恐怖がのぞいていた。

「たまに旅回りの一座から逃げてきますから。宣伝目的にわざとじゃないかと思うことがありますよ。想像してください、地元紙にこんな見出しが出たら――『非国教徒名士の幼い男児、ぶちのハイエナに食い殺される』。ご主人は非国教徒の名士じゃありませんが、お姑様はメソジストのご家系ですからね。新聞にも言論の自由をいくぶん認めてやらないと」

「だけど、あの子のなきがらのかけらも見つからないなんて」ミセス・マムビーは涙した。

「もしもハイエナが本当に腹ぺこで、獲物で遊ぶだけじゃ物足りなくなれば、たいして残らないでしょうね。まさに〝小さい男の子にりんご〟ですね――芯まできれいに平らげちゃう」

ミセス・マムビーは急いで顔をそむけ、クローヴィス以外に慰め先や相談先を求めた。そしていかにも若い母親らしい余裕のなさで、クローヴィスが明らかに心配しているアスパラガスのソースについてはまるっきり無視した。だが、そこを離れて一ヤードと行かないうちに脇門が開いて足止めされた。ピーターホフ荘のミス・ギルペットが、消えた赤ん坊の話を詳しく聞きにきたのだ。クローヴィスにはとうに聞き飽きた話題というのに、ミセス・マムビーには同じ話を九十回繰り返しても初回の新鮮味を味わえるという血も涙もない特技があるのだった。

「アーノルドがちょうど入ってきてね、リウマチのことをこぼしながら――」

「こぼす種がありあまってるようなここんちで、リウマチを種になんて、ぼくなら思いもよらないな」クローヴィスがぼそりと洩らした。

「リウマチのことをこぼしてたの」ミセス・マムビーはそれまでさんざんやってきた泣き落としや強引な口調を改め、今度はぞくっとする凄みをきかせようとした。

またしても横槍が入った。

「リウマチなんてないわ」ミス・ギルペットだった。ウェイターが、ワインリストの一番安いボルドーはもうないと一方的に言い渡す時の物言いだ。さすがにリウマチのかわりに費用のかさむ別の病気を勧めたりはせず、諸病ひとまとめにしてばっさり切り捨てた。

悲しみに沈むミセス・マムビーに怒りがこみあげた。

「お次は、うちの赤ちゃんが本当にいなくなったわけじゃないとでもおっしゃるのかしらね」

「いなくなってますね」そこは譲って認めた。「でも、それは真摯に向き合う心が足りないからでしょ。赤ちゃんが無事に帰ってこないのは、ひとえにそういう信仰心がおありにならないせいですよ」

「で、こうしている間にもハイエナに一部でも食われたら」クローヴィスは野獣のしわざというお気に入りの自説にあくまでこだわった。「きっと目も当てられないことになってますね?」

ミス・ギルペットは質問の含みに気づいてしどろもどろになった。

「ハイエナに食べられてないのは確実って気がします」力なく言った。

「ハイエナは同じくらい確実に食べたと思っているかもね。だってさ、まさにあなたぐらい真摯で、しかも目下の赤ちゃんのいどころという専門知識は上かもしれないんだから」

ミセス・マムビーはまた泣き出した。「真摯な信仰心がおありなら」泣きながらもうまいことを思いついて、「うちのエリックちゃんを見つけて下さいません？　私たちにない力をお持ちなのは確実なんでしょ」
　ローズ - マリー・ギルペットはクリスチャンサイエンスの信条にすっかりかぶれていた。きちんと理解説明できるかどうかは識者にご判断いただくのがいちばんだろう。今回の一件はどうやらそれを生かす絶好のチャンスだったので、行き当たりばったりの捜索を開始するにあたってありったけの信仰心を総動員した。吹きっさらしの本道へ出て行こうとする背後からミセス・マムビーの声がかかる。「そちらへ行っても無駄よ、十回以上も探しに行きましたもの」だが、ローズ - マリーの耳は自画自讃以外すでに受けつけなくなっていた。道のまんなかに座りこんで、ごきげんで土やバターカップの花をおもちゃにしていたのは、白い子供用エプロンをつけ、麻くずそっくりの髪のこめかみに片方だけ水色のリボンを結んだ赤ちゃんだったからだ。ふつうの女がやるように、ローズ - マリーはまず遠くから車が来ないのを確かめた上で走っていって抱き上げ、じたばたするのもお構いなくエルシノア荘の門をくぐった。火がついたようにぎゃあぎゃあ泣く声で先刻承知の事実とはいえ、もはや半狂乱に近い両親は、我が子との再会を待ちかねて芝生を駆け寄ってきた。暴れる子供に手を焼くローズ - マリーのせいで場面の美しさがいくらか乱れたものの、赤ちゃんは逆向きになって、大喜びの両親のふところにぶじ抱かれた。「うちのエリックちゃんが帰ってきた」異口同音に歓声を上げる両親をよそに、赤ちゃんは小さなこぶしで両目をぐりぐりやりながら顔中口にしており、見分けがつくこと自体が信仰心といっても過言ではなかった。

「またパパやママと一緒でうれしくないの？　ん？」などとミセス・マムビーがあやすのだが、一緒がいいのは土やバターカップの花だという子供心はもう見え見えで、言わなきゃいいのにとクローヴィスに内心思われる始末だった。

「ローラーごろごろに乗っけてやろうか」父親にすてきな提案をされても泣き声はいっこうに衰えない。そこで赤ちゃんを庭用の大型整地ローラーにまたがらせておいて、準備運動がてら軽く引いてみた。すると、懸命に泣きわめく赤ちゃんの声さえ帳消しにする猛烈な咆哮がシリンダーの奥から起きて、すぐさま這《は》い出てきたのは白い子供用エプロンと、麻くず髪の片側に水色のリボンをあしらった子であった。顔立ちといい強烈な泣き声といい、誰がどう見ても新参のほうがここの子だ。

「うちのエリックだわ」ミセス・マムビーがきんきん声を上げ、子供に飛びついて息ができないほどキスを浴びせた。「んもう。ごろごろに隠れたりして、みんなをおどかしたかったの？」

子供がいきなり消えたと思ったら、ふいに出てきたことへの説明はこれで明快につく。そうはいっても、初めに出てきて先刻の大人気を泣いて嫌がり、今また芝生に座りこんで裏返しの冷遇に泣く赤ちゃんの処遇問題がまだあった。マムビー夫妻はこの子をにらみつけ、しょうもない小

芝居しやがってこの愛情寸借詐欺めがと言わんばかりだ。ミス・ギルペットはくすんだ顔で青ざめ、ついさっきまで目を喜ばせる姿だと思っていた子が丸まってうずくまるのをただ見ていた。

「恋果てし折、恋する者すらその真味を知らざりし」クローヴィスは内心で詩を口ずさんだ。

沈黙を破り、初めに口をきいたのはローズ - マリーだった。

「抱いていらっしゃるのがエリックなら、あれ——どこの子？」

「それこそ、あなたに教えていただけると思ってたわ」ミセス・マムビーが堅い声で言い返した。

「どうやら」と、クローヴィス。「あなたの信仰の力で、エリックがもうひとりできちゃったみたいですね。あとはこの子をどうなさるおつもりですか？」

ただでさえ青くなったローズ - マリーの顔からいっそう血が引いた。ミセス・マムビーは本物のエリックをしっかり抱きかかえ、油断ならないご近所さんね、へたに怒らせてうちの子を金魚鉢にでもされては大変といわんばかりだ。

「道のまんなかにいたのを拾ってきたんです」弱々しくローズ - マリーが言った。

「だからって、元の場所へ放り出すわけにもいきませんよね」と、クローヴィス。「本道は車が通る場所です。ご不要になった奇跡をほっぽらかすガラクタ置き場じゃない」

ローズ - マリーはめそめそ泣きだした。金言はたいていそうだが、「泣くならひとりで」は、

まったく現実に合わなかった。赤ちゃんのどっちも悲痛に泣き叫び、マムビー夫妻もさっきの涙から立ち直りきれていない。ずっとにこやかなのはクローヴィスだけだった。

「私、終生この子につきまとわれるの？」ローズ - マリーが落ち込む。

「そうでもないよ」クローヴィスがなだめた。「この子が十三歳になれば、海軍に入れられるから」そこでローズ - マリーにまた泣かれた。

「もちろん」クローヴィスがさらに、「この子の出生証明書がらみでは、いつまでたっても面倒がついて回るかもね。海軍省に事情説明しなくちゃいけないだろうけど、お役人は頭が固いしねえ」

ここで一同ほっとしたことに、本道の筋向かいにあるシャーロッテンバーグ荘の乳母が駆けつけ、息を切らして芝生を走ってくると告げた。お世話しているパーシー坊ちゃまです。いつのまにか正門を抜け出てしまい、本道の路上でかき消えたんですよ。

で、そんな取り込み中でも自ら台所へ出向いて、アスパラガス用ソースの種類を確かめなければ気がすまないのがクローヴィスであった。

(The Quest)

ヴラティスラフ

伯爵夫人《グレーフィン》の上の息子ふたりは嘆かわしい縁組をしていた。クローヴィス曰く、血は争えない。が、いまだにお相手のいない末っ子のヴラティスラフは一家の黒い羊《やっかいもの》だった。ただし、そこまでいかずとも他の家族も黒ずんだ毛色にかけては人後に落ちない。

「自堕落な子だけど、確実にこれだけは言えるわ」と、伯爵夫人。「悪ふざけはしないのよ」

「そうなの？」男爵夫人ゾフィーはべつに疑ったわけではなく、懸命の努力で鋭く見せようとしていただけだった。鈍《にぶ》いことしか言うべきでない、という全能の神の思し召しをひっくり返すつもりなのだ。

「切れ味鋭い話のひとつやふたつ、できて当然でしょう」そうこぼすのがつねだった。「話し上手で評判だった母から生まれたんですもの」

「そういう資質は一代飛ばして伝わりがちね」と、伯爵夫人。

「そんなの不公平じゃないの。母に負けるのはいいけど、娘たちに気のきいた話なんかされたら、正直面白くないわ」

「そうだけど、おたくにそんな子いないでしょ」伯爵夫人がなだめた。

「どうだか」男爵夫人は一転して娘擁護に回った。「エルザがね、木曜日に三国同盟をお題になかなかのとんちを利かせたわよ。三国同盟は紙の傘、そのこころは雨降りにささなきゃ大丈夫とかって。誰でも言うセリフじゃないわ」

「誰でも言うわよ、少なくともわたくしの知人は。といっても、いくらもいないけど」

「今日のあなたはあんまり人当たりがよくないわねえ」

「いつもよ。お気づきでなかったの、そもそもわたくしのように完璧な横顔の持ち主はおいそれと付和雷同しないのよ?」

「そこまで言うほどの横顔かしら」

「万が一にも違ったら驚きよ。だって、指折りの古典的美貌で評判だった母から生まれたんですもの」

「そういう資質は一代飛ばして伝わりがちね」男爵夫人の返しは焦《あせ》りが先に立ち、金無垢の握りをあしらった傘なみに警句のひらめきが稀な人にありがちなツッコミ方だった。

「ゾフィーったら」伯爵夫人が優しい声で、「そんなの、うまくもなんともないわよ。だけど、せっかく一生懸命になっているところへ、あたら出端をくじくのも、ねえ。あのね、教えてほしいんだけど。エルザってヴラティスラフにちょうどいいと思ったことない？　あの子もそろそろ身を固め時だし、エルザでいいんじゃないの」

「あんな極道息子にエルザをくれてやれというの？」男爵夫人は息をのんだ。

「乞食に選り好みは禁物よ」伯爵夫人が言った。

「エルザは乞食じゃないわよ！」

「お金ならそうね、でなかったらこうしてご縁をもちかけるもんですか。でも、とうはたってきたし、頭とか器量とかそういう売り込み材料がなにひとつないでしょ」

「うちの娘だというのを、どうやらお忘れのようね」

「だから、もらってあげると言ってるんじゃないの。まじめな話、ヴラティスラフのどこが不足なの。借金はないわ――これというほどのは」

「でも、悪評まみれじゃない！　話の半分もほんとなら――」

「四分の三はおそらく本当でしょうよ。だからなに？　あなただって娘婿に大天使をご所望なんて柄でもないでしょうに」

「ヴラティスラフは困るわ。そうなったらエルザは不幸のどん底よ、かわいそうに」

「ちょっとぐらい不幸な方があの娘らしいわ、髪型にしっくりするし。ヴラティスラフとの仲がしっくりいかなくても、恵まれない人のお世話という逃げ道がいつでもあるじゃない」

男爵夫人は卓上の額縁入り写真を手にとった。

「お顔は本当にきれいなんだけど」半信半疑の口ぶりだった。いっそう疑念濃く、「うちのエルザなら更生させられるかしらねえ」

伯爵夫人はあくまで平常心を保ち、声の調子を外さずに笑った。


三週間後、グラーベン通りの海外書籍店で、売り場は違うがおおかた祈禱書でも買いにきたらしい男爵夫人ゾフィーに、伯爵夫人がずかずか寄っていった。

「たった今、あの子たちをローゼンシュタール家へ置いてきたわよ」開口一番のご挨拶がこれだ。

「ふたりともどんなぐあい?」は男爵夫人だった。

「ヴラティスラフはおろしたての英国製の服で、だからもちろんごきげん。トーニ相手の話を漏れ聞いたら、繰り返すのは憚《はばか》られるけどかなり笑える尼さんとねずみとりの小話だったたわ。エルザのほうは誰かれなしにひとつ覚えの三国同盟とかけて紙の傘ととく——堅忍不抜のキリスト教みたいに打たれ強いネタだことね」

「意気投合してぴったりくっついてた?」

「はっきりいって、エルザは馬用毛布をぴったりくっつけられたような顔してたわよ。それに、なんでサフラン色の服なんか着せたの?」

「あの子の顔色がひきたつ色だといつも思うからよ」

「おあいにく。全然合わないわよ、やめてほしいわ。木曜のお昼はうちでご一緒するお約束だったわね、くれぐれもお忘れなく」

木曜の昼食に、男爵夫人は遅刻した。

「当ててみて、なんだったと思う!」すごい剣幕で入ってくるなり、声をはりあげた。

「昼食を後回しにするくらい、すてきなことでしょうね」と、伯爵夫人。

「エルザが、ローゼンシュタール家のお抱え運転手と駆け落ちしちゃったの!」

「おみごと!」

「うちの家族で、そんなためしはこれまでなかったのに」男爵夫人は呼吸もままならない。

「たぶん、ほかのみなさんは運転手がお好みじゃなかったのね」伯爵夫人の言い分には一理あった。

こんなひどい事件にみまわれたら、ふつう仰天か同情してくれそうなものなのにと、男爵夫人はつむじを曲げかけた。

「もう、とにかく」と、決めつけた。「ヴラティスラフとの縁組は無理ですからね」

「どうせ無理じゃないかしら」伯爵夫人がやんわりと、「ヴラティスラフなら、ゆうべ急に外国へ出かけたの」

「外国！　どこへ？」

「メキシコでしょうね」

「メキシコ！　でもなんのために？　どうしてメキシコ？」

「英国のことわざにあるじゃない、『人は良心で損《そん》ぶれる』」

「ヴラティスラフに良心なんかあったかしら」

「ゾフィーったら、ヴラティスラフにはないわ、そんなもの。急な外国行きは他人の良心に責めたてられるからよ。さ、お食事にしましょ」


(Wratislav)

イースターエッグ

毛並みのいい軍人の家柄に生まれたレディ・バーバラは同世代きっての女丈夫だけに、愛息レスターの自他ともに認める肝っ玉の小ささがいたく心外だった。ほかにどんな長所があれ、また実際いいところもあるのだが、度胸だけはレスターにあったためしがない。幼いころは人見知り、少年になっても年に似合わぬ臆病風に吹かれっぱなし、青年期を境にわけもなく怖がるのから熟慮の末に怖がるようになって、いっそうつける薬がなくなった。露骨に動物を怖がり、銃を扱えば及び腰、ドーヴァー渡海のさいは事前に必ず救命具と船客の数を頭の中でひき比べる。馬に乗れば手綱に最低四本、馬の首をなでてなだめる腕がさらに二本と、ヒンズー教の神々かというほど手がほしいらしい。もうここまでくるとレディ・バーバラもついに匙《さじ》を投げ、持ち前の胆力で事態をまっこうから直視、それからも母として変わりなく接していた。

レディ・バーバラの趣味はヨーロッパ大陸の穴場旅行で、レスターもなるべくつきそう。復活祭《イースター》ごろに行く先はたいてい山あいの某公国領ノバルトハイム、吹けば飛ぶような公国が目立たないソバカスのように点在する中欧の町だ。

レディ・バーバラは公国のやんごとないご一家と長年のつきあいなので、やはり長いつきあいの町長に一目も二目も置かれている。だから郊外にできたサナトリウム落成式に大公殿下ご光臨を仰ぐにあたり、さっそく式万端になにくれとなく助言を求められた。先例にのっとった式次第ですと、冗漫なありきたりの部分あり、古雅な部分ありとむらが出てしまいますが、頭のいい英国のレディならば、やんごとない方にふさわしいすてきな趣向を考えていただけそうです。大公が自国の外で知られているとすれば、近代兵器に文字通り木刀一本で立ち向かう時代遅れの遺物としてだが、国民には気さくで威厳ある好々爺と慕われていた。だから、おいでともなれば誠心誠意おもてなしをしたいのが国民感情であった。レディ・バーバラはレスターのほかにも、こぢんまりした宿の相客数名に諮《はか》ってみたが、これといった案は浮かんでこなかった。

「奥様《グネーディヒ・フラウ》に申しあげてよろしゅうございますか?」前に一度か二度話しかけてきたことのある女に言われた。南スラヴ系とおぼしく、頬骨が高くて血色がすぐれない。

「歓迎イベントに、こんなのはいかがでしょう」気がねしながらも熱意をにじませて、「ここにいる幼い息子を小さな翼つき白衣でイースターの天使に仕立て、大きな白いイースターエッグに大公さまのお好きな千鳥の卵を一籠分仕込んで贈呈させるのでございます。前にスティリアで見かけた時はなかなか気の利いた趣向でございました」

レディ・バーバラは危ぶむ顔になり、見たところ四歳ぐらいで無表情な色白金髪の天使候補を値踏みした。前日に宿で見かけて、両親どちらも黒っぽいのにあんな亜麻色の髪とは、と意外に思っていたところだった。夫婦どちらも若くないし、養子かもしれない。

「なにぶん小さい子ですから、もちろん奥様の手で大公さまの御前へお連れいただきたく」女はつづけた。「聞き分けのいい子で、言われた通りにいたしますので」

「チトリたまこ、ウィーンから新しの持てきます」と申し出たのは女の亭主だった。

この趣向には幼児もレディ・バーバラもいまひとつ後ろ向き、レスターにはまともに反対されたというのに町長はすぐ飛びついた。熱烈歓迎と千鳥の卵という組み合わせが、ゲルマン民族の琴線にいたく触れたらしい。

いよいよ当日、昔ながらの衣装をつけたかわいい天使は見物人の注目と好評のまとになった。こんな場面ではたいていの親がうるさく出しゃばりがちだが、この母親は目立たぬようふるまい、イースターエッグを大事に扱うようよくしつけておきましたので、自分が子供に渡しますと言うにとどめた。やがてレディ・バーバラに連れられて、無表情なりにやる気まんまんの子供が御前へ進み出ることになった。あらかじめ、あっちで待っている優しいおじいさんにちゃんと卵を渡してくれればケーキやお菓子をどっさりあげるよと言い含められている。レスターも、ちゃんとやらないとひどいぞと陰で釘をさしたが、なにぶんのドイツ語力では一瞬いじけさせるぐらいがまあ関の山であろう。さらにレディ・バーバラは、まさかの時のために念には念を入れてチョコレートボンボンを持ち歩いていた。子供というのは聞き分けのいい時もあるが、長続きしないからだ。大公の壇の手前あたりで、脇へよけたレディ・バーバラの手を離れ、周囲の大人に小声でほめそやされてその気になった子供がよちよち歩きの足を踏みしめてひとりで進んでいく。沿道の最前列にいたレスターは人波をふり返り、晴れ姿を見守る両親を目で探した。するとあにはからんや、あれほど熱心に今回の趣向をそそのかした黒っぽい髪の夫婦が駅への脇道に辻馬車を待たせ、人目を盗んであたふた乗りこもうとしている。臆病者ならではの鋭い嗅覚で、レスターはたちどころに事情を見てとった。まるで動脈や静脈が幾千の水門を一気に放ったように全身の血が逆流する。目がかすんで周囲がぼやける。やがてみるみる血が引いて心臓まで干上がり、なすすべもなく棒立ちで子供に見入るばかりだった。イースターエッグを後生大事に捧げ持ち、言うなりに待ち受けるお歴々へ少しずつ寄っていくのを。そこで魅入られたようにふりむくと、馬車は早くも駅めざしてひた走っていた。

次の瞬間、レスターも走っていた。居合わせた誰もが見たこともないほど速く——逃げた、のではない。生まれてこのかたついぞ覚えのない感情がぐぐっとこみあげたのだ。先祖譲りの片鱗をみせてまっしぐらに危険物へ駆け寄り、しゃがんで、ラグビー試合でボールをとるようにあのイースターエッグをつかもうとした。その先はひとまずおいといて、奪うのが先決だ。ところが子供からすれば、あのおじいさんにちゃんと渡さないとケーキやお菓子をもらえなくなる。だから悲鳴をあげる間も惜しんで抱えこんで放そうとしない。レスターは両膝ついて力ずくでもぎとろうとし、衆人の非難を浴びた。わいわい周囲に群がって問い詰めたり威嚇したりしたものの、レスターが声を大にして恐ろしいひとことを口にしたとたん、いっせいにびくついて後ずさりした。そのひとことはレディ・バーバラの耳にも届き、ばらけた羊の群れよろしく算を乱す人々を、お付きにせきたてられて逃げる大公を目にした。そして子供の意外な抵抗をくらってにわか勇気が失せ、這って逃げることもできずに地べたにへたりこみ、なりふり構わず白繻子《しゅす》ハリボテの卵にしがみついてひたすら絶叫絶叫また絶叫をつづけるわが息子を。そうやって生き恥さらしている今と、危険にかまわず飛びこんださっきの勇姿を頭の中でひき比べ、失点の帳尻をなんとなくというか、なんとかして合わせたいと思った。ほんの何分の一秒かそんなことを考えながら見ていたのは、能面づらで強情に逆らい続ける子供、半ば死に体で悲鳴も尽きかけた息子、日ざしをうけて頭上になびく派手な吹き流し。忘れようにも忘れられない絵として目に焼きつき、それっきり見えなくなった。

レディ・バーバラは顔を大やけどして両眼を失明したが、相変わらず気丈だ。ただし季節にさしかかると、イースターエッグのいの字も耳に入れまいと友人たちに気を遣われている。

(The Easter Egg)

フィルボイド・スタッジ――ネズミの助っ人

「お嬢さんをください」マーク・スペイリーはとつとつと熱っぽく訴えた。「年収二百ポンドのしがない画家が大金持ちのご令嬢をくださいなんて、きっと身の程知らずでしょうけど」

大立者ダンカン・デュラミーはまったく不快そうではなかった。内心では、年収二百ポンドでもいいからレオノールの片づけ先が見つかりそうでよかったよかったというのが本音だった。財産も名声も失う瀬戸際がみるまに迫ってきている。新規事業がどれも思わしくなく、とりわけひどいのがとほうもない宣伝費用をつぎこんだ「奇跡の新朝食ピペンタ」だった。薬として売り出すこともできない。人々は薬なら買うが、ピペンタには見向きもしなかった。

「たとえ、レオノールが貧乏人の娘でも結婚したいか？」有名無実のせとぎわ資産家は尋ねた。

「はい」マークは力みすぎという落とし穴をうまく回避して答えた。すると驚いたことに、レオノールの父は結婚を許した上に、なるべく早いほうがいいとまで言ってくれた。

「微力ながら、何かのかたちで感謝をお伝えできれば」本心からの言葉だった。「まるでライオンに助っ人を申し出たネズミみたいかもしれませんが」

「あのいまわしい売れ残りをさばいてくれないか」全然売れないピペンタのポスターを、デュラミーはあごでさりげなく示した。「そうしてくれれば、社員の誰もかなわないほどの大貢献だ」

「いい商品名が要《い》りますね」マークは考えながら言った。「それと、人目をひくキャッチコピーも。とにかくやってみます」

三週間後、世間は「フィルボイド・スタッジ」というごたいそうな名の新製品発売を知ることとなった。よくある、キノコの促成栽培ばりに育つ赤ちゃんの写真とか、いたずらに領土拡張にいそしむ諸大国のイラストをマークは一切使わなかった。暗い色味の大判ポスターに、地獄の亡者どもがフィルボイド・スタッジお預けの刑という新手の拷問でわれがちに手を伸ばす先に、美青年の悪魔が透明なボウルをかざして見せびらかすという構図だ。亡者どもは時の人の特徴を絶妙にとらえ、形容しがたい形相がいっそうおぞましい。両政党の大物たち、名流夫人、著名劇作家や売れっ子小説家、当代一流の飛行士などの面影が地獄の群像のそこかしこにほの見え、喜劇ミュージカルの人気者も、おなじみの笑顔にどこか凄まじい狂気を秘めて地獄篇の片隅におぼろに見え隠れしていた。売らんかなの誇大宣伝文句はなく、ポスターの一番下に太い文字で恐ろしいセリフがあるだけだった。「この方々には、もう売ってあげません」

道楽なら絶対にやらないことでも、義務ならやるという人間心理をマークは心得ていた。蒸し風呂に入る現場を思いがけず押さえられ、医者の勧めでねと真顔で釈明するもの堅い中流男性は山ほどいる。自分は好きで通っています、などと、そんな人に返そうものなら、軽薄なやつだと顰蹙《ひんしゅく》を買うだろう。同様に、小アジアのアルメニア人大虐殺が報じられるたび、誰かに命じられたはずだと思う。古今を通じて隣人殺しを楽しむ輩《やから》がいるのではと誰も考えないようだ。

健康に配慮した、この朝食用新製品も同じことだった。フィルボイド・スタッジが好きという人は絶対にいなかっただろうが、陰惨な広告ポスターを見た主婦たちが食品店へ押しかけ、今すぐちょうだいと要求した。そして、ぶすっとしたお下げの娘に手伝わせて、不景気な顔をしながら料理ともいえないような単純な儀式手順にのっとって、猫のひたいほどの台所でしたくした。できた朝食を陰気な食堂のテーブルで黙々と食べさせる。どうしようもない味だと女たちが気づいてしまえば、残りはなにがなんでもあの手この手で家族に押しつけて使い切ろうとする。「まだフィルボイド・スタッジが残ってるでしょ！」食べたくない事務員がうんざりしてテーブルを立とうとする姿にそう金切り声を出し、夕食の初めに「けさ残したフィルボイド・スタッジよ」と、温め直してぶにょぶにょになったやつをつきつける。

健康クラッカーを食べたり、健康体操着を愛用して、体の内外から大がかりな健康増進に励む物好きな健康教信者たちは新商品を積極的に摂取して太っていった。まじめそうなメガネの若者たちが由緒あるナショナル・リベラル・クラブの階段にたむろしてぱくつく。来世など信じないさる主教は説教で広告に反対、まぜものの多い健康食の過食がもとで亡くなった貴族令嬢も出た。水っぽいゲロまず食を支給された歩兵連隊が暴動をおこし、幹部将校らを射殺して商品の知名度をさらに高めた。幸いにも、当時の陸軍大臣だったビレル・オブ・ブラザーストン卿が的を射た箴言《しんげん》を放って暴動を収めた。「試練とは、自発的に選べてこそ身になるもの」

フィルボイド・スタッジは日常語として定着したものの、見通しのきくデュラミーの目からすれば、必ずしも朝食の代名詞とまではいえなかった。もっと効きそうなまずい健康商品が出てくれば、あっさりとってかわられるだろう。家庭料理から現在のピューリタン倹約精神がすたれ、食の進むおいしいものを消費者が求めるようになる事態だって考えられる。なので、頃合を見て、いちかばちかの節目で巨万の富をもたらしてくれた商品の権利を売却し、財界での声望を文句のつけようがないほど高めた。けたちがいの巨富の相続人になったレオノールには、年収二百ポンドのポスター画家よりはるかに値打ちのある男を婿市場でしれっと見つくろってやった。かくて窮地にいた財界のライオンを助けた利口なネズミのマーク・スペイリーは捨てられ、奇跡のポスターを制作した日を呪った。

その後まもなく、クラブでクローヴィスに会ったらこう言われた。「疑わしい気休めだけどさ、

『勝敗は時の運』って言うよ」

(Filboid Studge, the Story of a Mouse That Helped)

丘の上の音楽

シルヴィア・セルトゥンはイェスニー館のモーニングルームで、ウースターの戦いから一夜明けた熱烈なクロムウェル派の鉄騎兵もかくや、の完勝気分をかみしめて朝食をとっていた。生まれつきが好戦的なのではなく、環境によっておのずと好戦的になった、いちだんと勝つ見込みの多いタイプだ。運命のはからいで、これまでの人生はわずかに分の悪い小競り合いの連続をなんとか勝ちに持ち込んで切り抜けてきた。そしていま、人生最難関でかけねなしの最大決戦に勝ちの手ごたえを得た。相手家族の冷たい敵意を押し切り、また、女などまるっきり眼中に入れようともしない相手にもめげず、彼女の敵に回ったもっと身近な者たちからはいみじくも「死人のモーティマー」と呼ばれるモーティマー・セルトゥンと結婚までこぎつけたのは、そこそこ意志や手際を要するお手柄だった。そして勝利の総仕上げとして、昨日、ロンドン内外の社交場から夫を引きはがし、こんな森の中に建つへんぴな本邸に彼女曰く「定住」しにやってきた。

「モーティマーを行かせるなんて無理よ」姑には言われた。「でも、いったん行ってしまえば、ずっと居つくでしょうね。ロンドンに負けず劣らずの魔力がイェスニーにはあるから。ロンドンならわかるんだけど、イェスニーはねえ――」未亡人はそう言いさして肩をすくめた。

イェスニーには荒々しいといっても差し支えない原生林が鬱蒼《うっそう》とはびこり、都会っ子の気に入るとはちょっと思えないし、シルヴィア（ラテン語で森の精を意味する）は名前に似合わず、なじみの森林といえばせいぜい「緑のケンジントン公園」ぐらいだった。田舎はそれなりに健全ですてきだが、入れ込みすぎるとおよそろくなことにならないと思っていた。それがモーティマーとの結婚をきっかけに根無し草の都会暮らしにもあきたらなくなり、ゆうべイェスニーの森とヒースの野が近づくにつれて、夫の目から彼女の言う「ジャーミン街くささ」がだんだん抜けていくのが嬉しかった。自分の強い意志と策が図に当たってモーティマーが田舎へ居つく気になったのだと。

モーニングルームの窓の外には、大まけにまけて芝生と呼んでもよさそうな芝草の三角スロープがあり、そのさきに茂り放題のフューシャが低い生垣となり、そこから勾配のきついヒースとわらびの斜面が延び、ところどころで窪地の谷になってオークやイチイがびっしり生えていた。この荒々しい手つかずの自然の中では、生の喜びと、目に見えない恐ろしいものたちがひそやかに手を組んでいるらしかった。シルヴィアは美術学校の生徒ばかりに景色をめでて自己満足に頬をゆるめたのち、ふと、ぶるっと身震いしそうになった。

「野生の勝った風土ね」そばに来ていたモーティマーに言った。「こんな場所にいると、パン崇拝は絶えていないと思ってしまいそう」

「パン崇拝は絶えていない。あとから来た別の神々に信者を横取りされることはちょいちょいあったけど、パンは自然神だから最後はだれもがいやでも帰りつく先だよ。これまでずっと諸神の父と呼ばれてきた神だからな、もっともあらかた死産だったけど」

シルヴィアなりに、なんとなく信仰心は持っていたので、自分の崇めるものがただの後発にすぎないと片づけられるのはいい気持ちがしなかった。が、話題はさておき、少なくとも死人のモーティマーがこんなに自信たっぷりに生き生きと話すのはいつにないことで、幸先よく思えた。

「まさか、本当にパンがいると信じているわけじゃないんでしょ？」信じられないという口調になった。

「おれは、たいていのことでは頭が悪いけど」モーティマーは落ち着いていた。「わざわざここにきてパンの存在を信じないほどばかじゃないよ。君に分別があれば、パンの領域にいるのに信じられないなんて無遠慮にしゃべり散らしたりしないだろう」

一週間もしないうちにシルヴィアはイェスニー周辺の森の小道にいいかげん飽きて、農場視察に出かけた。農家の庭と言われて連想するのは攪乳機、からざお、愛想のいい乳しぼり女たち、あひるが群れる池に膝まで入って水を飲む馬の群れといった、にぎやかなものだ。ところが、陰鬱なイェスニー付属農園建物群の灰色のたたずまいから最初に受けたのは、とうに無人になってふくろうや蜘蛛の巣がはびこってでもいるようなさびれた感じだった。次に感じたのは、森の窪地や雑木林にひそんでいるらしい見えない存在と同じく、敵意をこめて見張る目のひそやかな気配だった。それでいて頑丈なドアやよろい戸を締め切った奥では馬蹄や仕切り鎖の音がするし、牛舎から牛のにぶい声が漏れ聞こえる時もあった。遠くの片隅では一頭のむく犬がすごい敵意をこめてにらみつけ、近づくとぷいと小屋へひっこみ、過ぎたころあいを見計らっていつのまにか出てきた。干草の山のふもとで餌をあさっていた牝鶏数羽は門の下をくぐって逃げた。もしもこの荒れ果てた納屋や牛小屋に人間が出たとすれば、そいつは幽霊みたいに逃げ出すんじゃないかという気がした。速足で曲がり角をまわり、逃げ出さない生きものにようやく出くわす。街育ちの女などがどれほど大風呂敷を広げようと遠く及ばないほど巨大な牝豚が泥たまりに寝そべり、なんならいつでも食ってかかってやるぞという構えで、時ならぬ闖入者《ちんにゅうしゃ》に気色ばんだ。今度はシルヴィアが黙って退散する番だ。そして干草置場や、牛小屋や、まったく窓のない長い建物の壁にはさまれたすきまを抜けていくうちに、いきなり耳慣れない音に不意打ちを食らった——正体不明の豊かな笑い声のこだま、若い男のものだ。この農場の若い男といえば、枯草色の髪にしなびた顔をした田舎育ちの雇い人ジャンぐらいで、そのジャンなら、手近な小山の斜面を開墾したじゃがいも畑にいたのを遠目に見ている。それでも、シルヴィアの逃げる姿を待ち伏せして笑いそうなやつの心当たりは他にないとモーティマーに言われた。このえたいのしれない笑い声のおかげで、イェスニー周辺にいる不吉でひそやかな「何か」を印象づけるものがまたひとつ増えた。

モーティマーを見かける折はまずなかった。農場と森と鱒《ます》の川で終日過ごしているらしい。ある朝のこと、行き先の方角を見定めてあとから行くと、イチイの大木で囲って、木の実をつける木ばかり寄せあつめた林のただなかに、石の台座がついたパン神のブロンズ小像が立っていた。きれいな像だったが、もっぱら目をひいたのはその足もとにそっと捧げられたみずみずしい葡萄だ。もったいない、屋敷でありあまっているわけでもないのにと腹が立ち、台座の上からひったくるように取り返す。まったくもう、とゆっくり帰りかけて、それまでの軽蔑まじりの憤懣が恐怖と紙一重に研ぎすまされた感覚にとってかわった。日焼けしてはいるが端麗な若者の顔が、分厚い下草越しに形容しがたい悪意を向けて睨んでいる。路上に人はいないし、そもそもイェスニー周辺の道ならどこでも人がいないほうが当たり前なのだが、幽霊じみた出方をしたこの若者をよく見直そうともせずに先を急いだ。逃げる途中で葡萄を落として来た、と気づいたのは帰宅したあとだ。

「今日、森で若い男を見たわ」その晩、モーティマーに話した。「日焼けしてわりときれいだったけど、目つきがやくざっぽいの。ジプシーの若造かしらね」

「ありそうな話だが」とモーティマーは言った。「ただ、ここらへんにはもうジプシーなんかいないよ」

「なら誰よ？」いちおう尋ねはしたが、とりたてて意見はなさそうだったので、さっき見つけたあのお供えの話を持ち出してみた。

「たぶんあなたのしわざでしょ。ちょっといかれてるけど実害はないわね。でも、誰かに見られたら底抜けのばかかと思われちゃうわよ」

「ちょっとでも手を触れたりしてないだろうな？」モーティマーに尋ねられた。

「あ、あの――葡萄を捨てたわ。ばかみたいだったし」言いながら、モーティマーの無表情の陰に照れがないだろうか、と探り見た。

「そんなことして、いい分別じゃないな」なにか考えながら、「聞いた話じゃ、森の神々というのは仇《あだ》なす者には相当怖いらしいぞ」

「いると本気で思っている人たちなら怖がるんでしょうね。でもほら、私は違うから」シルヴィアが口答えした。

「まあとにかく」モーティマーはいつもの感情を出さない声で淡々と言った。「おれが君なら森や果樹園には近づかないし、農場では角のある動物からはなるべく遠ざかるようにするね」

どれもこれも愚にもつかないたわごとに決まっているのに、森のただなかの一軒家にいると、たわごとから生じた不安の種があとからあとからわいてくるようだった。

「モーティマー」ふとシルヴィアは言った。「私たち、じきにロンドンへ戻ることになりそう」せっかく手にしたのに、思ったほど手放しの勝利ではなかった。攻略した陣地を早くも放棄したくてたまらなくなっている。

「君は戻らないと思うな」モーティマーに言われた。さきに聞いた姑の予言の焼き直しみたいな物言いだ。

あくる午後、シルヴィアが散歩に出てきてふと気づけば、とっさに森のないところばかりを選んで歩いており、そんなふがいない自分を軽蔑した。角のある動物についてはモーティマーに注意されるまでもなく、警戒して没交渉でいてくれたら御の字だとみていた。いたって穏やかで性別不明な乳牛が、いつなんどき怒って暴れだすかわからない牡牛の姿で思い浮かぶ。かねて慎重に試してみて、果樹園の下にある狭い囲いで飼われている牡羊はおとなしいと一応見極めはついていたが、今日だけは試すのはよそうと思った。ふだんはいたっておとなしいのに、やたらそわそわして牧場をあちこちうろついていたからだ。隣の雑木林から、きれぎれにピ、ピ、と低い葦笛のような音がする。野趣ある音色は、牡羊の落ち着きのなさとなにやら隠微なつながりを持っていそうだった。シルヴィアは坂へ向かうことにし、イェスニーのはるか上に連なる峰のふもとにあるヒースの斜面をのぼっていった。あの笛の音は背後に置き去りにしてきたが、すぐ足もとの谷間をへだてて風に乗ってきたのはまた違った音楽、獲物を追い込みにかかる猟犬の張りつめた吠え声だった。イェスニーはデヴォン州とサマセット州の境にあるため、鹿が狩られて逃げてくることがよくある。じきに視界に入ってきた黒いものが小山をいくつも駆け抜け、谷間に姿を没してはまた出てきた。その背後に容赦なく吠えつく合唱がひときわ大きくなり、自分に直接かかわりのない狩りの獲物に対して誰しも感じる緊迫感と同情にシルヴィアは身をこわばらせた。追われるものがようやくオークの低木林とシダを抜け、あえぎながら空き地にたたずむ。見れば、よく肥えてみごとな角をいただく九月の牡鹿だった。逃げ道からすると、どうやらアンダクームの茶色い溜め池へいったん降り、赤鹿お気に入りの逃げ込み先である海へと向かうつもりだったらしい。ところが驚いたことに鹿は上り坂へ顔を向けると、ヒースを踏みしだいてまっしぐらに近づいてきた。「いやだわ、すぐ目の前で猟犬によってたかって倒されてしまうなんて」ところが猟犬の吠え声はしだいに下火になってきたようで、かわってあの激しい笛がまたしてもあちこちから聞こえ、倒れる寸前の鹿に根かぎりの力をふりしぼれとあおりにあおっているらしかった。その道筋をだいぶ外れたあたりで、シルヴィアは密集したナツハゼの生垣に半ば隠れるようにして、懸命に登ってくる鹿を見守った。その脇腹は汗で黒ずみ、首の剛毛は光を放っている。いきなり、かん高い笛の音が彼女を取りかこんだ。どうやらすぐ足もとのナツハゼの中からあがったものらしい。と同時にあの大鹿が向きを転じ、まともにこちらへ迫ってきた。同情の念はたちどところに雲散霧消、激しい恐怖にとってかわった。あわてて逃げようにも太いヒースの根に阻まれ、下の猟犬がちらりとでも見えないかと必死に探した。とがった大きな枝角があと数ヤード以内に迫り、恐怖で麻痺したほんのいっとき、農場では角のある動物からはなるべく遠ざかるようにというモーティマーの注意が蘇った。他にも人がいたことにそこで気づき、やれ助かったと思った。つい数歩さきのナツハゼの茂みに、膝まで埋まって立つ人影がある。

「追っ払って」金切り声を上げたのに、人影はまったく動こうとしなかった。

枝角はまっすぐ彼女の胸めがけて突きかかってくる。狩られた動物特有の猛烈な体臭が鼻を打った。だが、間近に迫る死神とは別の恐ろしいものがシルヴィアの視界いっぱいに姿をあらわし、えたいのしれない若い男の豊かな笑い声が耳にひびいた。

(The Music on the Hill)

「何かお話ししてよ」あいにくの雨にがっかりした男爵夫人が言った。外では恐縮したような雨脚が、すぐやみそうとみせかけて後を引き、午後のあらかたにもつれこむ気である。

「どんな話がいいですか?」クローヴィスはクローケーの木槌をさっそく片隅へ押しやった。

「そうねえ、興味をひくほど本当で、退屈するほど本当でない話がいいわ」

クローヴィスは寝そべりやすいようにクッション数個を整えた。男爵夫人はお客の身になってもてなすのが好きだから、その意向に沿うべきだと思ったのだ。

「聖ヴェスパルースの話はもうしましたっけ?」

「ロシアの皇族、ライオン調教師、銀行家の未亡人、ヘルツェゴヴィナの郵便局長、イタリア人騎手、ワルシャワへ出かけたアマチュア家庭教師、おたくのお母さまも何度か、いろんな人の出てくるお話を聞いたけど、聖人は初めてよ」

「はるか大昔のできごとです」クローヴィスは話しだした。「当時は玉石混淆の世で異教徒が三分の一、キリスト教徒が三分の一、最大勢力のあと三分の一は、そのときどきの王室のご宗旨をなんでもまねしていました。クリクロスという王がいまして恐ろしい癇癪持ち、おまけに直系の跡取りがいないという。ですが嫁いだ妹の腹に甥がぼこぼこ生まれ、次代はよりどりみどりです。数ある甥のうち、いちばんの器量人で伯父王いちばんのお気に入りは十六歳のヴェスパルースでした。美貌もいちばんなら乗馬や槍投げもいちばん、しかも嘆願者の存在に気づかず、それでいて気がついていれば絶対何かくれそうな顔で通りすぎるという、かけがえのない王族特技も心得ていました。実は、うちの母にも多少そのケがありまして。まったく財布を出さずに愛想よくチャリティバザーを通り抜け、翌日にはバザーの主催者に会って、ぬかりなく『まさかお困りでしたなんて、そうと存じておりましたら』という顔をしてみせる、実になかなかの面《つら》の皮です。さて、クリクロス王は金箔つきの異教徒でして、聖蛇つまりありがたい蛇様を熱烈崇敬し続けていました。聖蛇のすみかは王宮近くの丘の上にある森でした。民はある程度までめいめい好き勝手に信仰させてもらえましたが、王宮の役人がキリスト教なんて新興宗教に走ったら、見下されます。軽蔑するというだけでなく、高いところから文字通りね。王宮内の熊の檻《おり》へ放りこみ、まわりの桟敷から見下すんですよ。ある日、若きヴェスパルースはベルトにキリスト教のロザリオをつけて御前に伺候し、怒った王に詰問されると、キリスト教に改宗するというか、とにかくいっぺん試してみると公言、かなりのスキャンダルですからえらい騒ぎになりました。これがほかの甥なら王もさっさとお約束の鞭打ち追放に処したでしょうが、そこはお気に入りのヴェスパルースです。まあだいたい役者志願の息子を持った今日びの父親と似たりよったりの態度をとることにして、王立図書館司書を召し出しました。当時は王立図書館といってもたかがしれていて、司書は暇もいいところ。それで、他人の面倒がこじれにこじれてちょっと手がつけられない時なんかにおのずと調停役に呼ばれ、出番がしょっちゅうあったわけです。

『ヴェスパルース王子に、ことをわけてようく言ってきかせろ』王は命じました。『自らの非をきっちりわからせるのだ。次代の王に、そんな危ない先例を作らせるわけにはいかん』

『ですが、必要な論駁を構築する材料はどこにございましょうか？』司書は伺いを立てました。

『構築材料なら、王家の森と雑木林で何なりと自由に取る許可を与える。それでも今回にふさわしい鮮やかな切り口やら、ぐさりと刺さる反駁が集まらないようなら、頭がないにもほどがあるぞ』

そこで司書は森へ出向いて、大小の木材から使えそうな材料を選り抜いた上で年若な王子に諄々と道理を説き、その薬が効いて数週間はおとなしくしているうちに、不心得にも王子がキリスト教徒に身を落としたという噂も収束に向かいました。そんな折、さらに輪をかけて宮廷を騒がすスキャンダル勃発です。聖蛇のご利益とご加護を口に出して祈るべき時に、ヴェスパルースははたに聞こえる声でクリュニーの聖オディロ讃歌を歌っていたという。この事件で王はまたしてもかと激怒、ヴェスパルースの異教へのこだわりはどうも危険の域にさしかかっておるぞ、と、楽観視を下方修正し始めました。ですが王子の外見からはそんなねじれはみじんもうかがえず、目の据わった狂信者でもなければ謎めいた白昼夢の住人っぽくもありません。それどころか宮廷中探してもいないほどの美青年でして、ひきしまった優雅な肢体、健康な顔色、熟《う》れた桑の実を宿した瞳、よく手入れしたさらさらの黒髪に恵まれていました」

「それって、あなたが思い描く十六歳の時の自分なのかしら」と、男爵夫人。

「昔の写真を母がお見せしたんでしょうか」クローヴィスは皮肉を受け流して賞め言葉にねじまげ、先をつづけた。

「王はヴェスパルースを暗い塔へ三週間閉じこめ、食事はパンと水だけ、聞こえるのはコウモリの甲高い鳴き声と翼のはためきだけ、目に入るものは細窓からの流れる雲ばかりという目に遭わせました。すわ若き殉教者誕生か、などと反異教派が縁起でもない噂を口にし始める始末で。ですが、食事については殉教というほどじゃありません。塔の看守がうっかりして一度か二度、自分の夕食の一部を独房へ置き忘れたんでね、あぶり肉に果物にワインつきでした。そして、いかにご寵愛の甥でもこんな一大事にこれ以上の反抗は許さんという王の強いおぼしめしで、刑期満了後はさらなる宗教的反逆の徴候がないか、厳重な監視の下に置かれました。これ以上こんなくだらんまねをするならやむをえん、世継変更も視野に入れるぞとの仰せです。

しばらくは万事平穏でした。夏の競技大祭を控えた若きヴェスパルースはレスリング、徒競走、槍投げ競技に手一杯で、とてもじゃないが宗教対立などやってる場合じゃなかったんです。ですが祭りの山場で聖蛇の森の周囲を巡る奉納舞踊にさしかかるや、王子は今風に言うと『知らんぷり』。なにぶんの衆人環視の中、これみよがしに国教をないがしろにしたのですから、いかに王がそうしたくても見過ごしにはできませんし、そもそもそんな気もありません。王が思いつめた様子で一日半も人払いしていたので、若い王子の死刑か赦免かで懊悩中なんだろうとみんな考えます。あにはからんや、実のところは殺し方を工夫していただけでした。まあ殺すのは既定路線として、どうせ大注目されずにはすまないんだから、同じことならなるべく派手に見せしめをというわけです。

『悪趣味な宗教にはまり、いくら言ってきかせても聞く耳もたんが、甘露をたたえた愛《う》い若者ではある。ゆえに翼ある甘露の使者に殺させるのがもっともふさわしい』が、王のお言葉でした。

『と仰せられますと――?』司書がお伺いを立てました。

『蜜蜂に刺し殺させるのだ。むろん王室養蜂場のを使う』

『賜死としてはすこぶる典雅でございますな』と、司書。

『典雅壮麗しかも苦悶まちがいない。これ以上望めぬほど条件のそろった刑だ』

死刑執行全般にわたり、王お手ずからこまごまと趣向を凝らされました。ヴェスパルースを裸にむいてうしろ手に縛り、横たわった状態で宙吊りにし、蜜蜂の特大巣箱三つをすぐ下に置きます。少しでも身動きすればたちまち巣箱にガタンとぶつかり、あとは蜂たちに万事お任せです。十五分間から四十分間で死ぬというのが王の目算でしたが、王子の兄弟たちの意見はばらばらで、やれ即死だ、いや数時間はかかると侃々諤々《かんかんがくがく》です。ただし悪臭ふんぷんの熊の檻に放りこまれ、中途半端な肉食獣の熊どもによってたかってなぶり殺されるよりは数等ましだという点に異論はありませんでした。

ところがたまたま王室の蜂飼いもキリスト教に気を惹かれ、おまけに廷臣のごたぶんにもれず熱心なヴェスパルース派でした。それで死刑前夜に王室の蜜蜂の針をちまちま抜き取ってしまいました。かなり手間暇かかりますが、そこは蜂飼いの名手ですからほぼ夜を徹して巣箱の蜜蜂すべてか、だいたいすべての針を抜いてしまったんです」

「生きた蜜蜂の針が抜けるとは知らなかった」男爵夫人が耳を疑う。

「どの仕事にもそれぞれ秘伝があって」クローヴィスは答えた。「なければ仕事としてなりたちません。で、いよいよ死刑執行になりました。廷臣一同を従えて王臨席のもと、世にも稀な死刑見学を希望する民にも見物席が用意されました。さいわい王室養蜂場は庭が広く、庭園の周囲にテラスがあります。窮屈でも少々繰り合わせ、まだ足りなければ臨時設営の台上で誰でも見物できるようはからいました。ヴェスパルースは巣箱の前にかつぎだされ、恥ずかしそうに顔を赤くしてはいましたが、満座の注目を一身に集めて満更でもなさそうです」

「あなたと似ているのは外見だけじゃなさそう」と、男爵夫人。

「これからいいところなのに茶々を入れないでくださいよ。刑吏どもが決まり通り巣箱の上に慎重に吊り下げ、安全な場所へ引きさがろうとする矢先、ヴェスパルースは狙いすまして巣箱を蹴っとばし、三つ重ねて倒しました。そして次の瞬間、わっと頭から足の先までたかったものの、いざ悲劇の大舞台でひと刺しもできずに激しい屈辱感にさいなまれた蜜蜂たちは、せめて刺すまねだけでもする義理があるとめいめい思ったわけなんです。ヴェスパルース王子は大笑いし、くすぐったくて死にそうだと身をよじって暴れました。たまに針を抜きそびれた蜂が何匹かいたりすると、猛烈に蹴飛ばして口汚く悪態をつきました。ですが、見物一同びっくりしたことに一向に死にそうにない。やがて蜜蜂のほうが精根尽きて、何匹もかたまってヴェスパルースからぽろぽろ落ちてしまうと、あとには無数の蜜蜂の脚についた蜂蜜で艶を増した白珠のお肌が無傷であらわれ、たまに刺されたところが赤いぽつぽつになっていました。これこそ奇跡に相違なしと、見物一同が驚き喜んでいっせいに大声をあげました。王はいったん王子を牢へ戻して追っての沙汰を待たせ、無言で歩いて戻ると昼食の食卓につき、何事もなかったように酒と料理を心ゆくまで堪能しました。食後に召し出されたのが例の司書です。

『どういうわけだ、こんな大失敗をしおって?』王は問いつめました。

『陛下』と答えて、『蜜蜂に相当の不備がございましたか、さもなければ――』

『余の蜜蜂に不備などない』王は頭ごなしに言い切りました。『最高級だからな』

『さもなければ』と司書。『ヴェスパルース殿下がどうしようもなく正しくていらっしゃるのでは』

『ヴェスパルースが正しければ、間違っているのは余か』

司書はしばらく黙っていました。軽はずみな言葉が身の破滅という例はいくらでもありますが、この司書は不運にも、軽はずみな沈黙が身の破滅を招きました。

王は威儀もなにもかなぐり捨て、大食の後は心身を安静に保つという鉄則も忘れて司書にとびかかり、さんざん頭を殴りつけました。象牙の将棋盤と銀の酒注ぎと真鍮の燭台でとっかえひっかえ叩いたあげく、壁の鉄製たいまつ受けになんべんも叩きつけ、力いっぱい蹴飛ばしながら食堂を三周、仕上げに髪をつかんで長廊下を引きずって行って、窓ごしに中庭へ放り投げました」

「ひどくけがしたの?」と男爵夫人が尋ねた。

「驚くより、けがの方がひどかったですね。なんせ、王は名だたる癇癪持ちです。ですが暴飲暴食のあげくに後先なく大爆発したのは初めてでした。司書の方はずいぶん長いこと仕事になりませんでしたが――助かったには助かったはずです。でも、クリクロス王はその晩死にました。ヴェスパルースは体中の蜂蜜をきちんとぬぐい終わらないうちに主だった家臣団に押しかけられ、王のしるしに頭に聖油をほどこされました。あの奇跡の目撃者は多数おり、クリスチャンの王即位ともなれば、先を争ってキリスト教に鞍替えする者が続出するのはお約束です。司教が超特急で叙任され、にわか仕立ての聖オディロ大寺院に司教座を置いて、なだれを打つ洗礼希望者を必死でさばきました。殉教者手前までいったヴェスパルースは若き聖王と崇敬され、評判を聞きつけた物見高い信者が都へぞくぞくやってきます。当のヴェスパルースは即位記念競技祭典の企画立案に気を取られ、周辺の信仰騒動などに構っちゃいられなかったところへ、侍従長（にわか熱烈改宗者のくち）が聖蛇の森伐採式計画の裁下を仰ぎにきて、遅まきながら事態を悟りました。

『恐れながら畏《かしこ》き思し召しをもちまして、特に聖別を施した斧にておんみずから伐採の斧入れを願い上げます』侍従長がうやうやしく言上しました。

『その前に、おまえの首をそこらの斧で切ってやる』ヴェスパルースは憤然としました。『ぼくの即位の皮切りに聖蛇さまを貶《おとし》めるとでも思っているのか。そんなことしてみろ、運がどん底に落ちてしまうわ』

『ですが陛下、クリスチャンでいらっしゃるのでは？』侍従長がぎょっとしました。

『そんなわけないだろ。キリスト教改宗はただのふり、クリクロスを困らせただけだ。いつも決まって癇癪を起こすから面白かった。何もしないのに鞭打たれ、どなられ、塔の中へ閉じこめられ、あれはあれで一興だった。だが、おまえたちはぼくが本気でキリスト教に鞍替えすると思いこんでいるらしいが、毛頭その気はない。あの犯すべからざる聖蛇たちは徒競走やレスリングや狩猟の上首尾を祈るといつも叶えてくれたしな。蜜蜂どもが刺せなかったのも聖蛇の取りなしがあったればこそだ。それなのに即位したとたんに聖蛇信仰に背を向けるなど、それこそ忘恩もいいところだ』

侍従長は困り果てて両手をもみしぼりました。

『ですが陛下』べそをかいて、『民は陛下を聖者と崇め、貴族各位はこぞってキリスト教に入信しております。しかも近隣キリスト教国諸王は陛下を兄弟として迎える特使を派遣にかかっております。陛下を蜂の巣の守護聖人にというお話も出ておりますし、ローマ皇帝の宮廷では蜂のような黄色を特にヴェスパルース・ゴールドと命名されました。かような仕儀では、今さらお取り止めはご無理かと』

『拝んだり迎えたり尊んだりされるのはちっとも構わん』ヴェルパルースは言いました。『聖者扱いだってほどほどなら別にいいんだ、聖者暮らしまで期待しなければ。だが、これだけは申しておく、はっきりきっぱりこれっきりだ。あのご利益あらたかな聖蛇さま信仰は断じて捨てないからな』

最後のほうは逆らったら熊檻へ放りこむぞという気迫にみちみちており、桑の実の瞳に険悪な光が宿っていました。

『本尊は替われど』侍従長は内心ひそかに思いました。『落ちる雷は変わらず、ということか』最後は政治上やむなしで信仰問題に折り合いをつけました。王さまは日を決めて国の大寺院で聖ヴェルパルースとして民に謁見をたまわり、聖蛇の森は徐々に伐採してきれいに片づけましたが、犯すべからざる聖蛇はみだりに立入禁止の王宮内の植栽へ移され、異教徒ヴェスパルースおよび王族はちゃんと手順にのっとって心をこめて崇めました。そのご利益か、若き王はスポーツや狩猟では終生ツキに見放されたことがありませんでした。世に聖者とあがめられながら、正式に認定されなかったのはそのせいじゃないでしょうか」

「雨がやんだわ」と男爵夫人が言った。

(The Story of St. Vespaluus)

乳搾り場への道

男爵夫人とクローヴィスはいつものハイド・パーク・コーナーで切れ目のない人通りを見ながら、通りすがりの知人たちの内情を教え合っていた。

「たったいま、あそこを不景気面《づら》さげて通っていった三人連れの若い女はどういう人たち？」男爵夫人が尋ねた。「こっちは運命に頭を下げたのに、はたして会釈で応じてもらえるかって顔よ」

「ああ、あれ。ブリムリー・ボームフィールズ家の三姉妹ですよ。彼女らみたいな目に遭えば、きっとあなただって不景気面にもなるでしょう」

「不快な目ならいつものことよ」男爵夫人が応じた。「でも、意地でも顔に出さないの。実年齢をさらして回るのと同じぐらいみっともないじゃない。ブリムリー・ボームフィールズ姉妹の話とやらをしてちょうだい」

「そうですね」クローヴィスが話しだした。「悲劇の発端は伯母発見でした。むろん元からいたのに、きれいに忘れていたんですよ。ところが遠縁の誰かが死に、遺言書にちゃんと伯母も明記されていたおかげで思い出したんです。誰かが率先して範を垂れると違いますな。それまで地味に暮らしていた伯母に望外の大金が転がりこんだとたん、ボームフィールズ三姉妹に一人暮らしを気遣われるようになり、三組の翼をひろげてあたたかく保護されました。当時の伯母さんときたら、何組もの翼にくるまれてヨハネ黙示録の何とかって獣みたいでしたよ」

「そこまでなら、あの姉妹の悲劇でも何でもないじゃないの？」

「そっちはまだお預けです」クローヴィスが言った。「伯母はずっとつましい暮らしぶりで、いわゆるお道楽のたぐいをろくすっぽ知らずにきましたし、三人の姪も派手なことは勧めませんでした。何しろ伯母はもうかなりの歳、死ねばおのずと財産の大半がころがりこむわけですから。伯母と名のつく金蔓《かねづる》を見つけてまんまと押さえたのは拾いものでしたが、暗雲がひとつだけ出てきました。両親どちらの縁か知りませんが、とにかく伯母には三人とは血のつながらない甥がいまして、かなりのものをやるつもりだと公言してたんです。その甥は大の賭博好きで、金遣いが無類に荒く、つける薬がないというのに、伯母さんはもう記憶の彼方の大昔にいくらかよくしてもらったからと、その甥の悪口は何であれ聞く耳持ちません。聞こえのほどは知りませんが、とにかく無反応なんです。だから姪たち三人してせいぜい悪口吹聴にいそしみました。まともなお金をあんなばくち打ちにやるなんてもったいないわあ、なんてひそひそとね。いつも伯母さんのお金をさして『まともなお金』っていうのがもうね、たいていの人の伯母さんは偽金にでも手を出しているのかと。

ダービーだのセリンジャーだの目ぼしい競馬のあとは、必ず聞こえよがしに憶測するんです。ロジャーったら、今度はどれだけすっちゃったのかしら、みたいに。

『旅費だけでもばかにならないじゃない』ある日、長女が言いだしました。『なんでもイングランドの競馬は総なめにして、それでも足りずによその国まで行くらしいわよ。そのうち大評判のカルカッタ懸賞レースにつられて、インドくんだりまでのこのこ出かけたって不思議でもなんでもないわ』

『旅は見聞を広めるんだよ、クリスティーン』と言ったのは伯母でした。

『そうね、伯母さん。心がけさえまともならね』というのがクリスティーンの相槌です。『だけど、ただ賭けごとやら豪遊三昧が目当てじゃ、見聞を広めるより財布を狭めるほうが先でしょうに。それでもロジャーは自分さえ楽しければ、いくらぱっぱと右から左へすったって、どこに無心したって、見境なし。出すだけもったいないじゃないって気がするわ、それだけよ』

そのときにはもう伯母は違う話を始めていましたから、クリスティーンのごたくが聞こえたかどうか。ですが、さっきの言葉——伯母のですよ——『旅は見聞を広める』で、ロジャーのありのままの姿をじかに見せてやってはどうだと三女のヴェロニクがうまいことを思いつきました。

『伯母さんをどこかへ連れてって、ロジャーが賭けごとでお金をどぶに捨てる現場を見せてあげさえすれば、百聞は一見に如《し》かずじゃない？』

『そんなこと言ったって、競馬場へなんか連れてけないわよ』姉二人が渋ります。

『そりゃ競馬場はね。でも、賭けに手を出さないで見物できる場所がどこかあるでしょ？　それならどう？』

『モンテ・カルロ？』さっそく飛びつく気まんまんで姉たちが尋ねます。

『モンテ・カルロじゃ遠すぎるわ、体裁も悪いし。あんなところへ行ってきますなんて、お友だちに言えやしない。今の時期だとロジャーはたいていディエップのはずよ。英国のまともな人たちだってよく行く先だし、旅費もたいしたことないわ。伯母さんがドーヴァー越えの船旅さえ大丈夫なら、かっこうの転地療養にもなるんじゃないかな』

そんな調子で、ボームフィールズ三姉妹は取り返しのつかないこの名案に乗ったわけです。

あとから思えば、そもそもの初めからケチがつき通しの旅でした。まずは海峡越えの船で姪たちがひどい船酔いにやられたのに、伯母さんひとりぴんぴんして潮風を満喫、相客のだれとでもすぐ仲良くなります。しかもフランスにいたお雇い話相手《コンパニオン》時代は何十年も前なのに、本場仕込みのフランス語を操り、姪ども一人二人じゃはしごをかけたってかないません。用があればさっさと自分でやってしまうので、一人二人分の翼じゃよけい囲い込みにくくなりました。

　さらなる見込み違いだったのが、ふたをあけてみたら、てっきりディエップだと思っていたロジャーの滞在先は一、二マイル西にずれたプールヴィユという小さな海浜リゾート地でした。それで、ディエップはごったがえして落ち着かないからと伯母をしゃにむに説き伏せ、わりあい閑静なプールヴィユへ急遽移らせました。

『退屈なんかこれっぽっちもないわよ、伯母さん』などと三人で励ますわけです。『ホテルに小さなカジノがあるし、みんながダンスをしたり、小競馬《プティ・シュヴォー》ゲームでお金をすったりするのを見物すればいいからね』

　プティ・シュヴォーがルーレットにとってかわられる直前のお話です。

　あいにくロジャーは同じ宿じゃありません。ですが、おおかたの午後から晩はきっとカジノへ入り浸りだと踏んだんですね。

　ホテルへ着いた晩は四人で早めに軽く食べてカジノへ寄り、プティ・シュヴォーのテーブル付近をうろついていました。ちょうどたまたまバーティ・ヴァン・ターンが同じホテルにいましてね、あとで詳しく聞かせてくれた話によると、ボームフィールズ三姉妹は人待ち顔でそれとなく入口を張っていたそうです。伯母はというと賭けテーブルで小さな馬が巡るのを見ているうちに、だんだんはまっちゃったんです。

『ほらほら、あの八番の馬ね、もう三十二連敗だよ』クリスティーンに向かって、『ちゃんと数えてたんだから。だから景気づけに五フラン賭けてやろうと思うの』

『ねえねえ、こっちでダンスを見ましょうよ』クリスティーンのほうでは気が気じゃありません。伯母の賭け現場をロジャーに見つかったら、想定外の事態もいいところです。

『ちょっと待ってよ、いま八番へ五フラン賭けるから』伯母はテーブルに五フラン張りました。馬が巡りだします。そのときは回し方がゆるくてね、八番がのろのろ決勝点へたどりついてみれば、一着楽勝とみえた三番に小ずるい悪魔よろしく鼻差で勝ってたんです。判定にはなりましたが八番の勝ちが宣告され、伯母は三十五フラン儲けました。そのあとは姪三人がかりで引きはがさないと、賭けテーブルからこんりんざい離れようとしなくなりました。やがてロジャーがあらわれたころには伯母の勝ち越しは五十二フランになり、その後ろで姪三人とも、あひるに孵《かえ》してもらった鶏のひなが危ない水を泳ぎ回る親におろおろ、といった格好です。その晩はロジャーたっての申し出で伯母さんと三姉妹がご馳走になりましたが、見ものでしたよ。伯母とロジャーは盛り上がっているのに、三人はお通夜さながらです。

『この先フォワグラのパテが出てきても、あの恐ろしい晩を思い出してきっと喉を通らないでしょうよ』というのは、あとになってクリスティーンが友だちに打ちあけたのをバーティ・ヴァン・ターンがまた聞きで仕入れたんですがね。

三人の姪たちは、帰国するか、カジノのないよそのリゾート地へ移ろうかと二、三日検討しました。伯母はというとプティ・シュヴォー必勝法攻略で手一杯です。初恋の八番に裏切られ通しだったので、五番に乗りかえて二、三度どんと張ったら前にもましてツキを落としてしまいました。

『でさ、今日の午後は賭けテーブルをあちこち転々として七百フラン以上負けちゃった』四日目の晩餐で、伯母さんはあっけらかんと言い放ちました。

『伯母さんったら！　二十八ポンドも！　しかもゆうべだって負けてたじゃないの』

『ああ、元は取り返すさ』当人はけろりとしたものです。『でも、ここでじゃないね。あの間抜けな小馬じゃとてもとても。どこかちゃんとルーレットのあるところへ行くよ。なにもそんな顔しなくても。機会さえあれば賭博にはまって病みつきになるはずだという自覚はずっとあったんだけどさ、ここにきて、あんたたちのおかげでようやく機会にありつけたよ。お礼にぜひとも乾杯しなくちゃ。ボーイさん、ポンテ・カネを一本おねがい。あら、ワインリストの七番だった。今夜はそれで行こうか。午後は七番の四連勝だったよ、あたしは五番なんかに賭けてたけど』

七番のツキは夜になるとぐずぐずの腰砕けでした。災難を遠巻きにしていた三姉妹も、とうとうたまりかねてテーブルのそばへ来ます。伯母さんはとうに押しも押されぬ上物のカモ扱いで、三人注視の中で一番、五番、八番、四番が勝ち、そのたびに七番ひとすじを貫く伯母さんから『まともなお金』をごっそり巻き上げていく。一日でかれこれ二千フランが消えました。『みんな、つける薬もないってやつだね』みんなでテーブルにいるのを見て、寄ってきたロジャーにそうからかわれました。

『賭けてないわよ』クリスティーンが冷たく言い返しました。『見物よ』『違うだろ』ロジャーはさも訳知り顔で、『みんなで伯母さんに賭けてもらってんだろ。馬が負けてるやつの顔なら、見ればわかるって』

その晩の夜食は伯母甥の水入らず、というか、パーティが入らなければそうなるところでした。ブリムリー・ボームフィールズのお嬢さん方はみんな頭痛で早々に自室へおいとまです。

あくる日の伯母は全員引き連れてディエップへ移るや、さっそく挽回にかかりました。結果はまちまちでツキが来る時もあり、生まれて初めての賭け方に見切りをつけない程度には勝たせてもらいましたが、総じてやはり負け越しです。伯母さんはとうとうアルゼンチン鉄道の株をごっそり売却、三姉妹を集団神経衰弱にしました。『回収はもう絶対無理ね』しょんぼりと顔を見合わせていましたよ。

ヴェロニクはとうとういたたまれなくなって、お先に帰国しました。なにしろ、伯母をこの悲惨な旅行へいざなった張本人ですからね。姉二人もその事実をことさら突きつけはしませんが、どうしても目で責めてしまう。口に出しての非難よりこたえますよ。姉たちは帰国もせずにしょんぼりと伯母に付き添っていました。シーズンオフになって、平穏無事な英国へ戻る気になってくれるのを待ちわび、ひどくツキを外さなければ目減りした『まともなお金』の残りがどれだけになるかをあれこれ必死に皮算用していた。ところがそれがひっくり返ってしまいました。伯母はディエップのシーズンが終わると、河岸《かし》を変えてカジノ物色にかかったのでね。俗に『猫に乳搾り場への道を教えると――』ことわざのその先は忘れてしまいましたが、ブリムリー・ボームフィールズの伯母はまさにそれを地で行きました。未知の楽しみが目の前に開け、すっかり味をしめ、せっかくだからそうあわてて手放すまでもないというわけです。何しろ、その齢《とし》で生まれて初めてのことですから。損してばかりですが過程がすこぶる面白おかしい上に、金ならまだまだあります。人に気前よく奢《おご》るので受けがよく、カジノのお客同士のつきあいができて、だれかが大儲けすると晩餐だ夜食だなんだとお返しがあります。姪たちはまだくっついてきていましたが、沈みかけた宝船を舵《かじ》取りひとつで港へこぎつけにかかる船乗りもかくやの不景気面では、そんな根無し草の宴会を楽しむどころじゃない。付き合ったところでなんの得にもならない馬の骨の飲み食いに『まともなお金』をまき散らされても嬉しくもなんともないですよ。ですからあれこれ逃げ口上をかまえて、伯母のどんちゃん騒ぎへはなるべく出ようとしません。ブリムリー・ボームフィールズ姉妹の頭痛はみなに知れ渡りました。

ある日とうとう、せっかく翼を広げて守ってやろうとしたのにここまで逸脱した縁者にこれ以上付き添っても、姪たちの口癖曰く『実りある成果を期待できない』と結論が出ました。引導を渡されて置いてきぼりにされた伯母はといえば、面食らうほどサバサバしてましたよ。『頭痛は英国の専門医に診てもらう方がいいよね』とのご託宣です。

ブリムリー・ボームフィールズ姉妹の帰国道中はまさにモスクワ撤退でした。なにが悔しいって、この場合のモスクワはすべてを焼き尽くす大火にあかあかと包まれた焦土などではなく、たかが電飾こうこうたる不夜城に過ぎなかったという点につきます。

老道楽者の風の便りは共通の友人知己づてにちらほら入ることがあり、もうすっかりひとかどの賭博狂いが板について、親切な金貸しが目こぼししてくれた分の収入で暮らしているとか。ですから無理もないでしょう」クローヴィスは話をしめくくった。「あの三姉妹が不景気面を世間にさらしていたって」

「どれがヴェロニク?」男爵夫人が尋ねる。

「ひときわ目立つ不景気面ですよ」クローヴィスが教えてやった。

(The Way to the Dairy)

「お芝居余興会を開く手伝いをしてちょうだいな」男爵夫人がクローヴィスにそう言った。「ほら、こちらではずっと州議会選挙だったでしょ。ひとりだけ落選していつまでも根に持っているものだから、州の社交界が二分されてしまっているの。それで、何かお芝居を一から作りあげれば、みんなをまた仲直りさせかたがた、くだらない政治上の小競り合いとは別に考えるたねができていい機会だと思って」

男爵夫人の狙いは見え見えで、スコットランドの名曲「タロッホゴロムの歌」の伝統にのっとり、自分の屋敷で二者融和を再現したいのだった。

「ギリシア悲劇を何かやってもいいですね」しばらくじっくり考えたあとで、クローヴィスが言った。「例えば、アガメムノーン帰還《リターン》の場面とか」

男爵夫人が怪訝《けげん》な顔をした。

「返り咲き《リターン》？　かえって選挙結果を思い出させてしまわない？」

「いや、そっちじゃなくて」クローヴィスが説明する。「帰宅のほうです」

「さっきは悲劇と言ってなかったかしら」

「まあ、そうですね。だって浴室で殺されちゃったんですから」

「ああ、それでわかった。もちろんそうだったわね。で、わたくしにシャルロット・コルデー役をやれというの？」

「それは、お話も違えば、時代も何世紀かずれてますね。一世紀以上離れたできごとをお芝居で強引にくっつけるのは危険行為ですよ。今回の殺人犯はクリュタイムネストラーでなくては」

「あら、けっこうすてきな名前じゃないの。わたくし、やるわ。で、あなたはあれがいいんでしょうね、アガ――何でしたっけ？」

「やめてくださいよ。アガメムノーンは成人した子供が何人もいるおっさんで、たぶんひげもあるでしょうから、ぼくが齢《とし》より老《ふ》けて見えちゃうじゃないですか。アガメムノーンの戦車御者か浴室係か、そういった見映えのいい役をやらせていただきます。様式はすべて『寵姫ズムルン』（フリードリヒ・フレスカ作のアラビアン・ナイト風のお伽芝居）風で統一しましょう。ご存じですよね」

「知らないわ」男爵夫人が言った。「せめてその寵姫ズムルン風とやらがどんなものか、きちんと説明してくれれば、もっとよくわかるんだけど」

クローヴィスは仕方なく説明した。「風変わりな音楽でしょ。異国風に飛んだりはねたり、それにひだをとった衣装や露出度の高い衣装がふんだんに出てきます。特に露出度の高いのが」

「この州のかたがたをお呼びすると、さっき言っておいたはずだけど。ギリシア風が過ぎると、州の方たちに受け入れられなくなるわよ」

「反対があれば、健康にいいとか、手足を鍛えるためだとか、そういった口実で受け流せばいいでしょう。だって、きょうびは誰もかれも大衆の目と同情に内面をさらけだすのに、外側を人目にさらけだしちゃどうしていけないんです?」

「あのね坊や、州の皆さんをギリシア演劇や仮装劇にお誘いするのはいいけど、ギリシア仮装劇となると絶対にだめ。人の演劇本能をそこまで駆りたてすぎるのはうまくないわ。周りの目というものがあるでしょう。グレイハウンドの群れの中に住んでいたら、実物そっくりの兎に化けたりしないでしょ。自分の頭を嚙み切られたい、というなら別だけど。ようく覚えておいてね、ここの屋敷と地所は七年契約で借りているの。それでと」と男爵夫人は続けた。「飛んだりはねたりだけど、その役はエミリー・ダッシュフォードに頼まなくては。すごく人がいいから、言われたことは何でもやるか、やろうとしてくれるわ。でも、どんな場合であれ、あの人が飛んだりはねたりする姿なんか想像がつく?」

「彼女なら、カサンドラーをやればいいですよ。それなら比喩的な意味で、未来へ飛べばいいだけです」

「カサンドラー、けっこうすてきな名前じゃないの。どういう役どころ?」

「災厄予報担当ってところでしょうか。知り合ったが最後、最悪の事態ばかり知らせるんです。幸い、彼女の生きた時代は陽気で愉快だったので、真に受けすぎる人はいませんでした。そうは言っても大惨事が起こるたびにしゃしゃり出て、『私の言うことを信じればまた違ったのに』なんて態度をあからさまに出されたら、かなりイライラしたはずですよ」

「わたくしなら、ぶっ殺してやりたくなったでしょうね」

「しごくごもっともなその願いは、クリュタイムネストラー役でちゃんと叶えられるはずですよ」

「じゃあ、ハッピーエンドね。悲劇なのに?」

「いやあ、なかなかそうは」クローヴィスは言った。「カサンドラーが自身の末路を予言していたという事実のせいで、殺しの充足感はかなり減殺されますから。おそらく死に際も本当にイライラする『だからそう言ったでしょ』的な笑いを口もとに浮かべてご臨終でしょうし。まあそれはそれとして、もちろん殺人場面はすべて寵姫ズムルン風にやりましょう」

「もう一回説明して」男爵夫人がそう言って、メモ帳と鉛筆を出した。

「だから一撃でとどめを刺すんじゃなくて、何度もちくちく刺すんです。まあ、殺害現場はあなたご自身の館ですから、避けられない嫌な仕事をさっさと片づけるみたいに急いでやる必要はないわけです」

「それで、わたくしにはどういうオチがつくの？　というか、幕切れはどうなるの？」

「たしか、愛人の腕に飛び込むんですよ。ですから、その場面に飛んだりはねたりが一回は入りますね」

どうやら芝居立案およびリハーサルでは、ごく限られた範囲とはいえ、選挙に匹敵するほどの感情対立を生んだもようだった。クローヴィスは改作者兼舞台監督の立場をいいことに、芝居一番の花形をアガメムノーンの御者にしようと職権の及ぶかぎり主張し、豹の毛皮のチュニックという舞台衣装で相当な物議をかもしたが、同じくらい問題視されたのが、どれをとっても嘆かわしいほどうりふたつの経緯で、試用期間後に猫の目よりめまぐるしく愛人候補役をすげかえるクリュタイムネストラーであった。ようやくキャストが固まったころには、たとえ一時しのぎでも、なんとか格好がつけば御の字というありさまであった。クローヴィスと男爵夫人はやりすぎというほど派手な寵姫ズムルン風だというのに、あとの一座の者は希望を口にすらできない始末。カサンドラーは予言を即興でやってくれと言われたものの、舞台の上手から下手までずっとすり足で歩き通すのが無理なのと同様に、未来へ飛ぶのも歯が立たないらしかった。

「嘆き悲しめ！　トロイア人よ、トロイアのために泣け！」数時間かけ、使える資料を片っぱしからあたった末にようやく出てきたセリフの中で、いちばん冴えていてもそれどまりだ。「トロイア陥落の予言は現実に合わないよ」クローヴィスが評した。「だってトロイア陥落は芝居が始まる前だもの。それに、さし迫った自分の最期もあんまり話しちゃだめ。観客に芝居の先が読めちゃうからね」

数分間、痛々しいほど知恵を絞ったあげくにカサンドラーは励ますようににっこりした。「わかったわ。じゃあ、ジョージ五世陛下の長く幸せな治世を予言するわね」

「ちょっと君、君」クローヴィスが抗議した。「忘れたのかい、カサンドラーは災いしか予言しないんだよ？」

前にもまして長らく知恵を絞ったあげくにまた天啓が訪れた。「わかったわ。じゃあ今年は狐狩りの猟犬にひどい災いが降りかかると予言しましょう」

「やめて、絶対」クローヴィスが懇願した。「ほんとに思い出してよ、カサンドラーの予言は全部実現するんだよ？　州の狐狩り協会会長と事務局長は二人ともすごい縁起担ぎだろ、二人とも来ることになってるんだぜ」

カサンドラーはあたふた自室へ引っ込み、念入りに目をざぶざぶ洗ってからでないと、お茶の時間に出てこられなくなった。

このときまでに、男爵夫人とクローヴィスはろくに口もきかなくなっていた。どちらも自分に割り当てられた役を、劇全体をひっくり返しかねないほど都合よくねじ曲げたいと本気で考えており、どちらも機会をとらえては、かねてのもくろみに沿った筋書をすかさず勧めるのだった。クローヴィスが御者役のために何か効果的な場面を考え出せば（しかもずいぶんたくさん）、男爵夫人がさっそくうんざり顔で削除するか、こちらのほうが多かったが、その場面やセリフを横取りして自分につけかえてしまうのだった。すると、クローヴィスも何なりと似たようなやり口で仕返しする。両者の対立がもっとも激化したのは、ギリシア娘の一団から誉めちぎられて御者の見せ場になるはずだったセリフをクリュタイムネストラーが横取りし、愛人役の口からお世辞として言わせたときだ。そしらぬ顔を装うクローヴィスの目の前で、

「ああ、美《うるわ》しの若者、夜明けの光のようにまばゆいお方」が改作されてこうなった。

「ああ、クリュタイムネストラー、夜明けの光のようにまばゆいお方」だが、それでもクローヴィスの目の危険なぎらつきようを見ていれば、男爵夫人もあるいは用心したかもしれない。そのセリフは、彼が自分のために全く独自に思いついた書きおろしだった。だから、苦心の名セリフが本来の対象から切り離され、ぎたぎたに切り刻まれ、ゆがめられて男爵夫人の魅力を称えるお世辞たらたらのセリフに歪曲されるのを見せられて心痛が倍加した。この瞬間から彼は優しくなり、骨惜しみしなくなり、時間を作ってカサンドラーへの個別演技指導に打ち込むように

なった。

選挙での不和を忘れかけていた州の者たちは、話題のお芝居観劇にこぞって馳せ参じた。幼子とアマチュア舞台俳優を守る神意が昔ながらのお約束通りに働いて、その夜は万事順調に運んだ。男爵夫人とクローヴィスは自分たちを際立たせるのに没頭しているらしく、ふたりにはさまれた他の出演者全員は、部分月蝕のように輝きをちょっとずつ奪われ、ほとんどの出番で日陰者の役割に甘んじた。アガメムノーンはトロイア周辺で十年も派手にドンパチやらかしてきた経歴の持ち主なのに、その彼でさえ、御者の目立ちたがりに比べれば地味な人柄らしかった。が、いよいよカサンドラーの見せ場になり（それまでのリハーサル中は、セリフの披露を自粛していた）、差し迫った災難をいくつか選りすぐって予言することで役目を果たす瞬間になった。音楽担当がむせび泣きにも似た悲しい音楽に打楽器のめりはりをつけ、男爵夫人は出番待ちの暇をぬすんで化粧室に駆け込み、手際よく舞台化粧を直した。カサンドラーはというと、不安ながらも決然たる態度で進み出てスポットライトを浴び、何度も反復稽古してきた人らしい身のこなしで、観客席へまっすぐにこんな予言をぶつけた。

「この美しい国はお先まっくらです。あの私利私欲三昧で堕落した無節操の骨なしろくでなしの政治屋どもの群れ（ここで二大対立政党の片方の名を出した）が、我が地方議会を汚し続け、

毒し続け、我が国の議会制度を弱体化させ続けるのなら。極悪非道かつ不名誉な手口で、票を奪取し続けるのなら――」

かんかんに怒った巨大な蜂の巣もかくやのざわめきが、セリフの続きと一本調子の音楽をかき消した。そして舞台へ戻ってきた男爵夫人は耳に快い「ああ、クリュタイムネストラー、夜明けの光のようにまばゆいお方」のかわりに、帰りの馬車を命じるシズルデール夫人の怒声や、会場の奥で荒れ狂う大っぴらな口論に迎えられたのだった。

いったんは不和で割れたものの、州の者たちはいつものやり方でおのずと元の鞘に戻った。男爵夫人のとんでもない悪趣味と無作法を非難するという共通の落とし所を見つけ、双方の陣営が歩み寄ったのだ。

七年賃貸契約の地所のうち、半分以上を又貸ししていたのは男爵夫人にとって幸いであった。

(The Peace Offering)

モーズル・バートン村の安らぎ

クレフトン・ロッキャーはモーズル・バートン村の農家で、果樹園とも庭ともつかないささやかな場所に腰かけて心身の力をここちよく抜いていた。長年ロンドン暮らしの喧騒にさらされ通しだったので、どっちを向いてもなだらかな小山に囲まれたのどかな農家のたたずまいが、いっそ劇的なほど五感に訴えかけてくる。時間や空間からそれまでの切実な重みが抜けてゆくようで、いつしか一分ずつこぼれ落ちて何時間もたち、牧場や休耕地はなだらかに先へ先へと広がってゆく。雑草がはびこって花壇と生垣をなしくずしに占拠、押し出されたニオイアラセイトウなどの草花が農家の庭や小道で逆襲をかまして咲き誇っていた。寝ぼけ顔の牝鶏や、きまじめ一方のあひるが庭先から果樹園や小道までのし歩いている。よろず、けじめがゆるいのだ。蝶番はあっても、本体の門扉があるとは限らない。どこをとっても魔法をかけられたようにまったりしていた。

午後になればこれまでずっと午後だったという気がし、夕暮れになればなったで前からずっとそうだったという気になる。大きな西洋花梨の木陰でひなびた丸太ベンチにくつろぎながら、ここそかねての念願、そして神経ささくれた昨今の自分が喉から手が出るほど欲しかった安住の地だとクレフトン・ロッキャーは思った。根をおろした長期の間借り人として純朴な人たちとともに生き、ささやかな暮らしを自分の色に染めながら、この村の流儀に極力なじんで溶け込もう。

この決断をゆっくり温めているところへ、よぼよぼの老婆が危なっかしく果樹園をやってきた。見れば農家のおかみさんであるスパーフィールドおばちゃんの母だか義母だかにあたる家族なので、あわてて愛想のいいひとことを考えようとしたら先を越された。

「あっちの納屋の戸にチョークでなにやら書いてあるよ。なんだろね?」

ついでがあったから、年来のひっかかりを誰にともなくぽろりと洩らしたという口ぶりだった。そのくせ目だけはクレフトンを素通りして、がたがたに並んだ建物のはずれにある小納屋の戸を憎らしそうに睨んでいる。

なんだろうと目を凝らせば「マーサ・ピラモンは魔女だ」と放言しており、おおっぴらに口に出すのがちょっとためらわれた。ひょっとすると、こうして話している相手が当のマーサ・ピラモンかもしれないではないか。スパーフィールドおばちゃんは旧姓ピラモンということもありうる。こうして間近で見ると、しわくちゃばあさんの姿かたちはいかにも魔女らしいと地元で思われそうなふしもあるし。

「マーサ・ピラモンとかいう人のことだね」と、慎重に構えた。

「で、どうだって？」

「ちょっとどうかというようなことだよ。魔女だってさ。そんなふうに書くもんじゃないね」

「まったく書いてある通りさ」よくぞ書いたといわんばかりに、自分なりの見解を足した。「ヒキガエルばばあだよ」

よぼよぼと庭を通りながらしわがれ声を張り上げ、「マーサ・ピラモンは魔女ばばあだよう！」

「あれを聞いたかい？」クレフトンの肩のうしろあたりで、だれかが怒りをこめてつぶやいた。あわてて向くと、やせて黄ばんだしわくちゃ婆さんがかんかんになっている。どうやらこっちがマーサ・ピラモン本人で、この果樹園は付近の婆さんに人気の散歩道らしい。

「嘘っぱちだよ、罪作りな大嘘だ」弱々しい声で続けた。「魔女ばばあはベティ・クルートの方だよ。あそこんちの娘もろくなもんじゃない。呪ってやる、悪いやつらだ」

よぼよぼと通りすぎざま、納屋の戸の落書きに目をとめた。

「あそこのあれ、なんだって？」クレフトンに向き直って詰め寄る。

「ソアカーに一票を」とっさの大胆な嘘は、事なかれ主義の小心から出たものだ。

ばばあはぐっとつまり、やがてぶつくさ言いながら、色あせた赤いショールの後ろ姿を木立に消した。クレフトンもじきに腰を上げて母屋へ行った。なんだか、さっきまでの安らぎがごっそり減った気がする。

前日の午後は、古い農家の台所でわいわいにぎやかに飲んだお茶がとてもおいしかったのに、今日はなんだか辛気臭い。面白くもなさそうに座が沈み、お茶までぬるくて味もそっけもなく、陽気なカーニバルさえ盛り下がりそうなしろものだ。

「お茶がまずいなんて言ってもむだだからね」無作法にならない程度にティーカップをじっと見て、訊きたそうにしていたら、スパーフィールドおばちゃんにすかさず予防線を張られた。

「やかんが全然沸かないんだよ、本当に」

炉を見れば、いつにもまして火が燃えさかる上で、ガンガンあぶられても知らん顔の巨大なやかんから湯けむりがほんのひとすじたちのぼっていた。

「ああして一時間以上になるのに、いっこうに沸かないのさ」スパーフィールドおばちゃんはそう言うと、ひとことで説明づけた。「呪われてんだよ」

「マーサ・ピラモンのやつだ」さっきの老母が口出しした。「あのヒキガエルばばあに目にもの見せてやる。呪いをかけてやる」

「なに、そのうち沸きますよ」呪いのせいという流れをクレフトンがさえぎった。「石炭がしけてるんじゃないかな」

「夕飯になろうが朝飯になろうが無理さ、これから夜っぴて燃したってだめだね」スパーフィールドおばちゃんに言われた。その通りになった。一家は油焼きと素焼き料理だけで食いつなぎ、お隣の厚意でお茶を差し入れてもらったものの、まあまああったかいね、という程度だった。「こんなんで居心地悪くなったら、もう出てっちゃうんじゃないかい」朝食でスパーフィールドおばちゃんに言われた。「なんか都合悪くなるとさあ、すぐとっとと逃げるやつっているから」

さしあたって予定変更はないとあわてて打ち消したが、この家も初めの温かみがごっそり目減りしたなあというのがクレフトンの本音だった。疑いの目、不機嫌な沈黙、きついやりとりが日常茶飯になっていった。あの老母は台所や庭に日がな一日座り込み、ずっとマーサ・ピラモンへの呪いや脅し文句を呟いていた。いずれも老いさらばえた身で、ろくに残ってもいない精根の限りを尽くして相手の不幸を祈り合っているさまは、おぞましいばかりか哀れをもよおした。ほかはことごとく朽ち果てていこうとしているというのに、憎む力ばかりがしぶとく衰えない。しかも、老婆たちの憎悪をこめた呪いから忌まわしい力が放たれているらしいのも不気味だ。どんなに疑いをはさもうと、かんかんに火を熾《おこ》したのにやかんもソースパンも沸騰しないという事実はゆらぎもしない。クレフトンはひたすら石炭のせいにしたが、薪でも同じことだった。わざわざアルコールランプの小型湯沸しを宅配で取りよせてもみたが、これまたちっとも沸かず、思いもよらなかった邪悪きわまる神秘の力にいきなりぶつかった感じがした。この村では数マイル先に小山を抜ける本道があり、遠目に行きかう自動車が見えて現代文明の動脈からさほど遠ざかっていないのに、コウモリの巣くう古い農家ではまぎれもない魔術がおなじみの現実になっているらしい。

クレフトンは家のまわりや炉――炉は特に――には絶えてなくなった安らぎを求めて、菜園をつっきって小道へ出たが、めざす西洋花梨の木陰のベンチではあの老母がなにやらぶつぶつ言っていた。「泳いで沈め、泳いで沈め」子供が覚えかけの文句を繰り返すみたいにいつまでも繰り返す。そしてときたま唐突に、声になんともいやな悪意をこめてイヒヒと高笑いした。その声の届かないところまで遠ざかってやれやれと一息つく。と、草ぼうぼうのひっそりした、行き止まりとおぼしい小道が数本あった。いちばん奥のとりわけ細い道をなんとなくたどっていくと、かぼそいとはいえまだ現役の道で、よその家に出てしまって危うくばつの悪い思いをしそうになった。さびれた農家に猫のひたいほどの荒れたキャベツ畑、りんごの老木も数本ある。すぐ横手で流れの速い小川がやや広がってちょっとした池になり、押しとどめる柳木立の腕をすりぬけてまたさらさら流れていく。クレフトンは木の幹にもたれて、渦巻く池ごしに貧乏臭い農家を眺めた。生き物はほかにいないが、みすぼらしいあひるがたった一列、水ぎわへと並んでやってきた。今まで地面を不器用によたよた歩いていたあひるが、ふわりと水に浮いたとたんに品よくすいすい泳ぎだすのはいつ見ても気分がいいので、クレフトンは先頭のあひるから目を離さず、水面に出るのを待ちうけた。と同時に、なにやら怪しく不吉なことがいまにも起こりそうで、胸が騒ぐ。先頭のあひるは自信たっぷりに水へ飛び込むや、あっという間にぐるんとひっくり返って沈んだ。ちょっと首を出してはまた沈んでしまい、水面にあぶくを続けざまにたてて翼や脚を必死にばたつかせていた。あひるが溺れかけているのはたしかだ。初めは水草か何かにからまったか、さもなければ下からカマスやビーバーに襲われたのかと思った。だが水面に血は浮かんでこず、じたばたしてはいるがなにかにつかまったふうもなく、ただひたすら流されて池の中を堂々巡りしている。それまでに二羽めがやはり着水直後に体をひねって転覆してばたついていた。たまにぜいぜいもがきながら水面にくちばしを突き出し、慣れ親しんだ水にこんな仕打ちをされるなんてと恐れ訴えているようなのが見るも哀れだった。事態を予想しておぞましそうに見守るクレフトンの前で、三羽めも一、二の三で飛び込んで同じ目に遭った。あとのあひるはじわじわ溺れかける仲間の様子におそまきながら気づいてにわかに首を立て、不安そうな低い声でそうぞうしく鳴きながら危険現場からそそくさと消えた。逃げてくれて、見ているこっちもほっとしたと言っていい。とたんに気づいたのだが、見ていた人間はクレフトンひとりではなかった。あの農家から細道づたいに、とかく怪しい噂のマーサ・ピラモンだとすぐわかる腰の曲がったしわくちゃばばあが水辺へ出てきて、堂々巡りしながら溺死に向かうあひるのおぞましい最期を睨みすえている。やがて、怒りにふるえる老いぼれの声が聞こえてきた。

「ベティ・クルートめのしわざだね。呪いをかけてやるぞ、今に見てろ」

気づかれたかどうかはさておき、クレフトンはこっそり逃げ出した。ばばあの下手人指名より先にベティ・クルートの「泳いで沈め」を思い出し、それでなくてもいやな予感はしていた。そこへだめ押しの報復宣言で、ほかを考えるゆとりなど一気に消し飛ぶほど不安がつのった。どう理屈をつけようが、あの婆さんたちの脅しがただの口喧嘩だなんて思えない。モーズル・バートンの下宿先は、怨念をきわめてはっきりした現実に変える力を持つらしい、あのしつこいばばあに睨まれているのだ。あひる三羽の仕返しに、いったいなにをしでかすかわかったものではない。自分もあの家にいるからには、一家に向けたマーサ・ピラモンの怒りのとばっちりでどんな目にあわされるやら。ばかげたたわごとなのはむろん百も承知だが、アルコールランプの湯沸しの件や、池のあひる連続入水目撃ですっかりおじけづいてしまった。しかも怖いものの正体がはっきりしないだけに怖さも一入《ひとしお》だ。ありえないことをいったん考慮に入れてしまったが最後、ほぼなんでもありになってしまう。

これほど眠れない晩はこの家へ来て初めてだったが、翌朝にはいつものように早起きした。敏感になっているせいですぐ気づいたが、この呪われた家にはどことなく万事うまくいかない気配がわだかまっている。牛は乳しぼりがすんだのに庭にたむろして、早く牧場へ出してくれとじりじりしている。鶏は、給餌時間が過ぎたじゃないかとやかましくしつこくねだり続けている。いつも早朝からさんざん不協和音をたてる庭先の井戸ポンプもけさばかりは不気味に静まり返っている。家の中を右往左往する足音、なにやらまくしたてる声がにわかに高くなってとぎれ、長く気まずい沈黙が続いた。クレフトンはあたふた服を着ると階下への階段口へ行った。不平がましい一本調子でなにかを恐れはばかる声が忍びやかに聞こえる。スパーフィールドおばちゃんの声だとわかった。

「出てくね、絶対」その声が話していた。「なんか都合悪くなるとさあ、すぐとっとと逃げるやつっているから」

おそらく自分もそういう「やつ」だし、ほんのしばし本音を出したほうが望ましい時だって人生にはある、とクレフトンは思った。

こっそり自室へ戻り、わずかな手回り品をまとめて下宿代をテーブルに置くと裏口から庭へ出た。餌をくれるのかと押しよせる鶏の群れをどうにかふりきり、牛舎や豚舎や干草の陰づたいにささささっと農場裏の小道へ抜けた。旅行かばんをさげていて思い切り走れないが、ものの徒歩数分で本道へ出られ、まもなく追いついてきた朝の運送車にヒッチハイクして近くの町まで乗せていってもらった。道の曲がりで、あの農家が一瞬だけちらっとあらわれた。古い破風つき屋根、茅葺きの納屋、みすぼらしい果樹園、西洋花梨と木陰のベンチ。朝日のもとでくっきり浮かぶそのすべてが、クレフトンが前に安らぎと勘違いしたあの呪力の憑きものにくるみこまれていた。

ロンドンのパディントン駅へ着いたとたん、ここまでくればもう安全というしるしに、いつもの雑踏と喧騒が耳に飛び込んできた。

「こんなにがちゃがちゃ揉まれちゃ、神経がたまったもんじゃないですよ」同じ汽車に乗り合わせた男だった。「静かな田舎の安らぎがほしいもんだ」

あれほど望んだ田舎暮らしを、クレフトンは胸の内で断念した。照明まばゆい大入りのミュージックホールで元気なオーケストラが景気よく奏でるチャイコフスキーの「一八一二年」を聞く。神経を癒すためなら、それこそが理想に限りなく近い。

(The Peace of Mowsle Barton)

タリントン韜晦術

「まあ、いやだ！」クローヴィスの伯母が声を上げた。「知り合いがひとり押しかけてきたわ。名前は思い出せないんだけど、ロンドンで一度、うちのお昼に招《よ》んだことのある人なの。そうそう、タリントンという人。わたくしが王女さまをお呼びしてピクニックをするという話を聞きつけたのね。きっと招待状を渡すまで救命ベルトみたいにしがみついて離れてくれないし、いったん出そうものなら自分の前妻、元妻、現妻、それぞれの母親たちに姉妹までぞろぞろ連れて来ていいかって言い出すわね。こういう狭い海水浴場はそこが困るのよ。誰からも逃げられやしない」

「今すぐ雲隠れしたければ、しんがりはぼくが引き受けますよ」クローヴィスが申し出た。「すぐ逃げれば十ヤードは水をあけられます」

クローヴィスの伯母は渡りに船とばかり、ナイル河の汽船そっくりに身をゆすって逃げ出した。すぐあとから愛犬のペキニーズが航路のさざ波よろしく、茶色い体を小刻みに震わせてついて行く。

「まったく知らない人だって顔をするんですよ」別れ際の伯母のひとことは、非戦闘員ならではの向こうみずなものだった。

次の瞬間、人当たりよく交渉に持ちこもうとする紳士に、クローヴィスはキーツの詩にいう「ダリエンの頂に黙《もく》し」太平洋を眺めたエルナン・コルテスばりの目つきで応じ、鋭意検分中の物体に視認前歴ございませんと言外に伝えた。

「このひげのせいで、見分けがおつきになりませんかな」客が言った。「つい二ヵ月前から立てております」

「とんでもない、それどころか」クローヴィスが言った。「見たような気がするのはそのおひげだけですよ。前に絶対お見かけしたことのあるひげなんですが」

「タリントンと申します」なにがなんでも思い出してもらいたくて、相手はまた切り出した。

「すごく使えるお名前ですね」クローヴィスが言った。「そういうお名前がついていれば、とりたてて勇敢でなくても、目覚ましい業績がなくても、誰からもなにも言われそうにないでしょう？　ですが、すわ国家の一大事というときに軽騎兵を募集なさるおつもりでしたら、『タリン

トン軽騎兵隊』というのはとても胸躍る適切なお名前でしょうね。もしもスプーピンなんてお名前でしたらお話にも何もなりません。いかに国家存亡の危機でも、スプーピン騎兵隊になんか誰も入ろうとしませんよ」

相手はおしるしばかり笑ってみせ、軽口なんかでいいようにあしらわれてなるものか、と粘りに粘ってまた始めた。

「おそらく、私の名はご記憶にあるはずですが――」

「これからはそうします」クローヴィスは誠心誠意という口ぶりだ。「ついけさがた伯母のところへ届いたばかりの、ふくろうのひな四羽の名前を考えてと言われておりましてね。まとめて全部タリントンとつけますよ。そうすればもし一羽か二羽が死ぬか逃げるか、ペットのふくろうにありがちな仕儀でいなくなっても、あなたの名をつけたやつがつねに一羽か二羽はいるわけです。それに、忘れたくても伯母が絶対に忘れさせてくれませんよ。ひっきりなしに、『もうタリントンに餌のねずみをやってくれた？』とかなんとか言われますからね。伯母は野生動物を捕まえて飼うなら要求を満たしてやらなくちゃという意見でして。むろん、その点まったく伯母の申す通りです」

「あなたとは、いつか伯母さまのお宅でお昼をご一緒したことが――」タリントン氏は青ざめたが、不退転の決意でそう言いかけた。

「伯母は絶対に昼食をとりません」クローヴィスが言った。「目立たず静かな手法でいて、たいそう効果を上げている全英反昼食同盟の会員なんです。四半期ごとに半クラウンの会費を払えば、九十二回分の昼食を抜く資格が与えられます」

「そんなの、前からじゃないんでしょ」タリントンが声を上げた。

「伯母でしたら、前から同じですが」クローヴィスは冷たくあしらった。

「伯母さまの昼食会であなたにお会いしたことは完璧に覚えております」不健康な赤みがまだらに出始めても、タリントンはあくまで言い張った。

「その時、なにを召し上がったかご記憶ですか?」クローヴィスが尋ねた。

「いやあ、そのう、ちょっと思い出しかねますが——」

「いい方ですねえ、召し上がったものはご記憶にないのに伯母のことは覚えていてくださるなんて。そこへいくとぼくの記憶力はまるで違いまして、その時々の女主人の顔はきれいさっぱり忘れてしまうのに、食べたものはあとまではっきり思い出せます。七歳の時、さるガーデンパーティで公爵夫人とかそんなような方に桃をいただきました。その方のことはからっきし思い出せないんですが、ただし一つだけ『おりこうさんないい坊ちゃんね』とおっしゃったところをみると、一面識もなかったはずです。ですが、あの桃については今もありありと思い出せます。最高級の桃によくある、歯を立てるのに合わせてとろけて瞬時に五臓六腑にしみわたるとでも申し

ますか。傷一つない温室栽培の見事な桃で、自然でいてコンポートのような風味をも醸し出すという業師ぶりです。ですから歯を立てて嚙むのと吸うのをいやでも同時にやらざるをえません。あのまん丸で柔らかなベルベットの実が、長い夏の日とかぐわしい夏の夜をいくつも過ごしてゆるやかに熟し、完璧に仕上がり、やがてその至高の頂点に達した瞬間に、ゆくりなくも今生《こんじょう》でぼくと袖すりあったと考えただけで、いつだって尽きせぬ神秘に魅せられますよ。忘れたくても忘れられません。それでその実をきれいに食べてしまった後に、種がまだ残りました。浅はかで迂闊《うかつ》な子ならまちがいなく、ぽいと捨ててしまったはずです。ぼくはと申しますと、友だちが襟ぐりのずいぶん開いたセーラー服だったので、首に入れてやりました。そしてその男の子にサソリだと教えてやったら、どうやら信じたらしくて身をよ

じってぎゃあぎゃあ騒ぐんですよ。ですが、ばかな子供の考えることはつくづくわかりませんね
え、なんでまたガーデンパーティ会場に生きたサソリがいるなどと思うのやら。それでもぼくに
とってのその桃は、いつまでも記憶に残る幸せのよすが――」

一敗地にまみれたタリントンはこの時までに声の聞こえない距離へと撤退を果たし、クローヴ
ィスがいるのではせっかくのピクニックもはたして楽しく過ごせるかどうかなどと考えて、煮え
湯をのまされた胸をせいぜいさすっていた。

「われながら、国会議員には絶対に向いてるなあ」クローヴィスのほうは、しれっと伯母に合
流する途中で内心思った。「都合の悪い議案審議をだらだら長引かせるお蔵入り要員として重宝
されるぞ、きっと」

(The Talking-Out of Tarrington)

運命の猟犬

どんよりした秋の日暮れがた、マーティン・ストーナーはぬかるんだ小道や轍《わだち》の刻まれた馬車道を、行き先もわからずにとぼとぼ歩いていた。海辺のどこかへ出るという気がして、どうしてもそちらへ足が向く。狩りで追いつめられた鹿が、いよいよとなると崖っぷちめざして逃げるのと同じ本能にかられているのだ。でなければ、なぜそうまでして重い足を引きずって海へ向かうのか自分にもわからない。彼を着実に追い込み、容赦なく執拗に追いつめているのは運命の猟犬だった。疲労と、空腹と、四面楚歌の中で頭は働かなくなり、こうやって進み続ける陰にはどんな隠れた動機がひそんでいるのだろう、などと自問自答する元気も出ない。ストーナーはなんでもかんでもやってみたのに、ことごとくツキに見放された手合いのうちに入る。生来のものぐさと無鉄砲にいつも足をひっぱられ、ささやかな成功のチャンスさえふいにしてしまったし、こうして矢弾尽き果てて進退きわまった。かといって絶望の崖っぷちでど根性を発揮して盛り返すでもなく、それどころか崖っぷちでよけいに頭がぼうっとしてきた。服は着たきり雀、全財産はポケットの半ペニー、頼っていける友人知己は皆無、一夜の宿を借りる見込みも明日の朝食のあてもなく、濡れた生垣を抜け、雨のしたたる木陰をくぐり、重い足を無理に動かしてぼんやり歩いていた。ほとんど放心状態だが、行く手のどこかに海があると無意識に感じている。たまに頭に浮かぶのはもうひとつ――腹が空いてどうにもならない、ということだった。開けっ放しの門に行き当たり、マーティンはようやく足をとめた。中は広い農家の庭だが、かなり荒れている。あたりに人影もないし、庭の奥におさまった農家はとっつきにくく冷え切っている。それでも小雨が降ってきたことだし、もしかしたら数分でも雨宿りの場所と、最後に残ったポケットの金でグラス一杯の牛乳をわけてもらえるかもしれない。のろのろと大儀そうにその庭へ入り、石畳の小道をたどって脇の勝手口へ行った。するとノックもしないうちからドアが開き、背の曲がったしわだらけの老人がお入りというように戸の脇へよけた。

「雨宿りさせてもらえませんか?」と言いかけて、老人にさえぎられた。

「お入りなさい、トムの旦那。そのうちお帰りになるだろうと思っておりましたよ」

ストーナーはよろよろ敷居をまたぐと、狐につままれた顔で相手をまじまじと見た。

「ささ、おかけなさいよ。ちっとばかり腹ふさぎをお持ちしましょう」老人はふるえる声で熱

心に勧めた。ストーナーの脚はもうへとへとで立っていられず、押してよこされた肘掛椅子に沈みこんだ。そして一分後にはサイドテーブルへ出された冷えた肉とチーズとパンをがつがつ食べていた。

「四年たってもほとんど変わっておいでじゃない」話し続ける老人の声が、まるで夢の中のようにとりとめなく遠いものに聞こえた。「ですがねえ、ここはずいぶん変わりました。お出かけになったときの者はすっかりいなくなり、わしとご高齢の伯母御さまぐらいでしょうよ。あんたさんのおいでをお知らせしてきます。お会いになるとはおっしゃらんでしょうが、置いてはくださるでしょう。常々おっしゃってますんでね、もしも戻ってきたら家にいさせる、ただし二度と会わず、口もきかんぞと」

老人はビールジョッキをテーブルに出し、おぼつかない足で長廊下をたどってひっこんだ。しのつく雨がいつしか土砂降りでドアや窓をひどく叩いている。こんな雨だし、見渡す限りまっくらになった中を浜へ出ればどうなることかと、さまよい歩いてきた者は身ぶるいした。出された食事とビールをきれいに片づけ、あとは風変わりなもてなし役の帰りをぐったり待つ。片隅の柱時計が分刻みに音を立てるうちに、若いストーナーの胸に新たな望みがともり、どんどん強くなった。といっても何か食べるものと数分でも休む場所をというのが、どうやら追い出されることもなさそうだから一晩泊めてもらいたくなったというだけだった。やがて廊下にどたどた足音がして、この農家の老使用人の戻りをいち早く知らせた。

「伯母御さまは会わんと仰せです、トムの旦那、ですが家にはいなさいと。まあ、そりゃそうでしょう。嫁に行かずじまいでお亡くなりになれば、この農場はトムの旦那が継ぐわけですから。お部屋へ火を入れさせましたし、女中どもに言ってベッドのシーツを取り替えさせてあります。何ひとつ変えておりませんよ。もうお疲れで、お休みになりたいでしょう」

ストーナーは無言でよっこらしょと立ち上がり、使用人の姿をしたこの天使について廊下へ出ると、きしむ短い階段をあがり、また別の廊下から炉にあかあかと火がともる広い部屋へ通された。家具はほとんどないが、質素で古風ながら、いいものばかりだ。装飾らしいものはケース入りの剝製のリスと四年前の壁かけカレンダーぐらいだった。だが、ストーナーの目にはベッドしか映らなかった。服をぬぐ間ももどかしくベッドに入り、疲れた身体をふかふかの寝具に埋めて、ぐっすり眠った。運命の猟犬はほんのいっとき追跡をやめたらしい。

冷えた朝の光に照らされ、自分の置かれた立場がそろそろのみこめてくると、嬉しくもない笑いが出た。ここの家出したろくでなしに似ているのをいいことにちっとばかり朝食にありつき、わざとやったわけではないが、詐欺だとばれないうちにとっとと逃げ出せばよかろう。二階からおりていくと、ゆうべの背のかがんだ老人が「トムの旦那」の朝食にベーコンエッグを出して待っており、きつい顔つきの老女中がティーポットをもってきてお茶をついだ。ストーナーがテーブルに向かうと、小ぶりなスパニエルが来てさかんになついた。

「ボウカーの子ですよ」きつい顔の女中にジョージと呼ばれた老人が説明した。「ボウカーはトムの旦那にいちばんなついておりました。ですからオーストラリアへいらしたあとは、すっかりふさぎこんじまって。一年前に死にましたよ。子がそいつです」

死んで惜しいとは思わなかった。ボウカーが生きていたら、正体がばれていたかもしれない。

「馬でもどうです、トムの旦那？」老人がよこした次の不意打ちはそれだった。「乗り心地のいい、糟毛《かすげ》の小ぶりなコッブ種がおりますよ。ビディもちっと老けたといってもまだまだ乗れますがね、糟毛へ鞍をつけて戸口へ曳いてこさせましょう」

「乗馬道具がないよ」宿なしは着たきり雀のわが身なりを見おろし、笑いをこらえてへどもどした。

「トムの旦那」老人は気をわるくしたように、まじめな口調で言ってきかせた。「お持ち物はそっくり手つかずで置いてあります。炉の火でかるく乾かせばなんともないですよ。たまには馬をやったり、鳥撃ちでもなさりゃ、ちっとは気が晴れようってもんです。あんたさんはこのへんの連中に目の敵《かたき》にされてます。忘れも許しもせず、誰ひとり寄りつかんでしょう。馬や犬相手の気晴らしがいちばんですよ。忠実ですしなあ」

よぼよぼと手配に出た老ジョージを見送ると、ストーナーはますます夢心地で部屋へ上がり、

「トムの旦那」の衣裳戸棚をあけてみた。乗馬はなにより大好きだし、トムの仲間も寄りつかないなら、さしあたって正体を見破られる気遣いはない。偽者トムはどうにか身体に合う乗馬服を着ながら、近郷近在の恨みを買うなんて、本物はいったいなにをやらかしたんだとなんとなく考えた。待ちかねた馬蹄が濡れた地面を蹴る音でわれに帰ると、脇の戸口へもう糟毛が回してあった。

「乞食を馬に乗っけたらどうこう、って話があったよな」などと思いながら、ぬかるむ小道で馬を飛ばす。思い返せばきのうは食いつめた宿なしの重い足をひきずって通った道だが、やがてそんなことを考えるのも面倒くさくなって、平坦な道端の芝土をすっきり爽快に駆けさせた。開け放した門へ通りかかり、しばし馬をとめて畑へ行く荷馬車二台のために道をあけた。すると荷馬車を御していた若者たちにじっくり顔を見られ、やがて通りすぎた背後でいきりたつ大声がした。「トム・プライクだ！　ひと目でわかったぞ、また戻ってきやがって！」

あの老いぼれが間近で見てもだまされたほどだ。きっと、若い者でも少し離れたところならいけるのだろう。

不在中のトムの肩代わりで引き継いだ旧悪とやらを、近在の者は忘れも許しもしないとは聞いていたが、馬を乗り回しているうちに証拠をいやというほど見せられた。出会い頭に誰かれなく眉をひそめられたり、はっきり聞こえないようにぶつくさ言われたり、肘でつつき合って目引き袖引きされる。どこを向いても敵意ばかりのこの世間で、好意を向けてくれるのは平然と並んで走る「ボウカーの子」ぐらいのものだ。脇の戸口で馬をおりる拍子に、二階の窓辺でカーテンの陰にいる痩せた老女の姿がちらりと見えた。自分の伯母ということになっている人にちがいない。

きちんとした昼食がもうできていたので、せっかくだから食べながら、意外づくしのこの展開がこの先どう転ぶかをあれこれ考えた。本物のトムは出て行って四年になるそうだが、ひょっこり戻るか、手紙がいつなんどき届いてもおかしくない。さらに、この農家の相続人として書類に署名してくれといわれる場合もありうるし、そうなったらそれこそおしまいだ。さもなければ親類が来て、あの伯母のように知らん顔はしてくれないかも。なんにせよ、結局は化けの皮を剝がれてひどい目に遭わされる。それ以外の道といえば野宿と海辺へつづくぬかるみの小道だけだ。ここにいれば、とにかくしばらくは飢えをしのげるし、畑仕事も一度やってみたことがあるから、人ちがいで受けたもてなしのお返しにはなにかちょっとした仕事ぐらいさせてもらおう。

「夕食はコールドポークになさいますか、それとも熱いのにしましょうか?」きつい顔の女中が昼食を片づけながら訊いた。

「タマネギ添えの熱いの」なにかを即決したのは生まれて初めてだ。腰をすえる気でいる自分にそこで気づいた。

暗黙のとりきめでできた境界に従い、家の中でも出入りを許された場所以外には足を踏み入れなかった。畑仕事の手伝いはいつも指図を受けて働くように心がけ、先回りは絶対にしない。もっぱら老ジョージと糟毛とボウカーの子だけを相手に過ごし、あとの世間は敵意の氷山だった。この家の女主人はまったく姿を見せなかった。一度、教会へ出かけたのを見すまして居間へ忍び入り、自分がまんまと化けおおせて旧悪までしょいこまされた男はどういうやつか、せめて手がかりでもないかと探ってみた。どの壁にも写真がずらりと貼ってあり、きちんと額装したのもあるが、自分と似た写真は見当たらない。ようやく隠してあったアルバムに、「トム」とラベルのあるそれらしいものがひとそろい見つかった。風変わりな子供服のむっちりした三歳、いやなものでも持つようにクリケットのバットを手に戸惑い顔のだいたい十二歳ごろ、いっぱしの男前で髪をまん中分けになでつけた十八歳、最後に、やや世をすねた不敵な表情の若者。この最後の写真を、ストーナーは特に念入りに眺めた。まごうかたなく自分そっくりだ。

たいていのことはよくしゃべってくれる老ジョージの口から、何度も何度も機会をとらえては引き出そうと試みた。近隣からあれほど忌み嫌われるような、どんなことをしでかしたのか。

「このへんでは、おれをどう言ってる?」ある日、離れたところにある畑から歩いて帰る途中で老ジョージに尋ねてみた。

「恨まれてますよ、殺してやりたいほど。そうですねえ、気が滅入りますなあ、ほんとに」

それ以上の手がかりはとうとう出てこなかった。

クリスマスをあと数日に控え、きんと冷たく冴えた夕べ、ストーナーは見晴らしのいい果樹園のすみに立っていた。あちこちにランプやろうそくの灯がちらついている。あの家々の中では、きっとみんなでクリスマスを祝って楽しく談笑しているだろう。ひきかえ、自分の背後にあるのは底冷たくていつも笑いのない、口喧嘩でもあればむしろ景気づけになりそうなあの静かな家だ。ふり向いて、陰気な家の細長い灰色の正面へ目を向けたとたんにドアがあいて、老ジョージが走り出てきた。心配事だと匂わせるように声を落とし、「トムの旦那」と呼ぶ。なにやらまずいことだとすぐわかると同時に、たった今ふり向いて陰気くさい家だなと思ったばかりなのに、うってかわって何も不足のない安穏な場所に見えてきた。追い出されたら大変だ。

「トムの旦那」老人がしわがれ声をひそめた。「こっそり何日かよそへお逃げなさい。マイクル・レイのやつが戻ってきてます。あんたさんを見つけしだい射ち殺してやるんだと。やりかねません。闇にまぎれてお逃げなさい。どうせやつのことだ、いても一週間かそこらでしょう。長居はしませんよ」

「でも、どこへ?」相手の明らかな恐れが伝染し、ストーナーの舌がもつれた。

「浜づたいにまっすぐパンチフォードへ行って隠れてなさい。マイクルがたしかにいなくなったら、わしが糟毛に乗ってパンチフォードの緑竜亭へ参ります。あの宿の厩舎にうちの糟毛がつないであれば、帰っていいという合図だと思えばいいです」

「だがな――」ストーナーは言いよどんだ。

「金なら大丈夫です」老人に言われた。「わしの言った通りにするのがいちばんだと伯母御さまもおっしゃって、こいつをくださいました」

渡されたのはソヴリン金貨三枚、それになにがしかの銀貨だった。

老女からの心尽くしをポケットにおさめてその晩に裏口からこっそり出ながら、いよいよ詐欺師から泥棒になってしまったとストーナーは思った。老ジョージとボウカーの子が裏庭から無言で見送っている。二度と戻る気はないので、忠実な老人と犬が帰りを待ちわびてくれるかと思うと、申し訳なくていたたまれなくなった。きっといつかは本物のトムが戻ってきて、あの泊まっていった変な男はだったら誰だったんだと、純朴なこの農家の人たちをぎょっとさせるだろう。この先については今のところ心配していない。三ポンドの一時金なんて世間相場ではたかがしれているが、ペニー単位の勘定に慣れっこの男にはひと財産だ。この前、着たきり雀の浮浪人でこの小道をやってきたら、幸運の女神は実に気まぐれなツキを授けてくれた。だから、今度も何か仕事にありついて出直す機会が巡ってくるかもしれない。あの一帯を遠ざかるにつれて、ストーナーはなんだか元気がわいてきた。また元の自分になり、化けの皮が剝がれる心配ともおさらばだ。いきなりどこからともなく降ってわいた執念ぶかい敵はもう気にならないし、つくりものの人生と決別した以上ますますどうでもよくなった。何ヵ月かぶりかにせいせいして、つい鼻歌

など出る。すると、道に張り出した大きなオークの木陰から男が銃を構えて現われた。誰かといぶかるまでもない。月が照らしだした顔は白くこわばり、ストーナーがあちこち流れ歩いた人生で一度も見たことがないような憎悪が燃えさかっていた。思わず脇へ飛びすさり、道路脇の生垣をしゃにむに押し通って逃げようとしたが、しぶとい枝にがっちりつかまってしまった。この狭い小道は運命の猟犬の待ち伏せ場所であり、このたびは見逃してくれそうになかった。

(The Hounds of Fate)

退場讃歌

　クローヴィスは蒸風呂屋の三番目に熱い場所に腰をおろし、じっと彫像になって考えにふけっては、ノートにせかせか万年筆を走らせるのを繰り返していた。

「子供っぽいおしゃべりなんかで邪魔しないでくれ」さも話しかけたそうに、隣の椅子でだらけていたバーティ・ヴァン・ターンへ予防線を張る。「今、不滅の詩を執筆中だ」

　バーティは興味を持ったようだ。

「へえ、君が悪名高き詩人としてほんとに世に出れば、肖像画家連中には大朗報だね。『新作準備中の詩人クローヴィス・サングレール氏』を美術アカデミーに展示してもらえなくても、『裸像習作』とか『ジャーミン街へ降臨するオルフェウス』とかに焼き直せばごまかしがきく。あいつらいつもぼやいてるじゃないか、現代の服装は絵にならないって。タオル一丁と万年筆なら

――」

「こいつはミセス・パクルタイドに仕向けられたんだよ」クローヴィスは、名声への裏技伝授に取り合わなかった。「そら、『新生時代』紙なんか偏狭な年寄り新聞にしてやるって創刊した『新生児』紙、あれにルーナ・ビンバートン作の戴冠式讃歌が載っただろう。パクルタイドが読んで言うことには、『あらまあルーナ、お上手お上手。もちろん戴冠式讃歌なんか誰だって書けますけど、ほんとにやろうなんて人、西から陽が昇ったってあなたぐらいよ』ルーナはすごく難しいのよと反発し、書けるのは多少なりと天分に恵まれたほんの一握りだけなんだからと聞こえよがしに言った。でね、個人的にパクルタイドにはかなりいろんなお世話になってる。ほら、ぼくってひどい財政事故に遭うのがしょっちゅうだけど、そんな急場にかけつけて運び出してくれる救急車みたいな人なものでね。そこへいくとルーナ・ビンバートンに用なんかないから横槍を入れて、なんならきちんとお手本を見せてあげますと言ってやった。絶対無理って言われたんで賭けをしてね。ここだけの話、勝ちはまず堅いな。当然いろんな条件つきだけど、必ずどこかの媒体に掲載されること、ってのもある。ただし地方紙はだめだ。だけど、ミセス・パクルタイドが『煙突煙』誌の主筆にちょっとした貸しをたくさん作っておいてくれたんで、なんとか詩にさえなっていれば、なにを賭けたっていいけどすんなり載せてもらえるはずだ。これまでのところあんまりペンがずんずんはかどるんでね、実は一握りの天才なんじゃないかって気になり始めてるよ」

「でもさ、戴冠式讃歌にはちょっと乗り遅れてないか？」バーティが言った。

「そうとも」クローヴィスが言った。「だからこいつはデリー・ダーバー戴冠式典（英国王がインド皇帝として行った戴冠式）退場讃歌にする予定だ。それなら、そうしたければずっととっておいて、いつでも出せる」

「ははあ、詩作にここを選んだ理由が読めたぞ」バーティ・ヴァーン・ターンは、あやふやな疑問がにわかに腑《ふ》に落ちたという顔をした。「それらしい臨場感をつかみたかったってわけか」

「ここへ来たのは、足りないやつに無意味な茶々を入れられないようにするためだったが」と、クローヴィスは言った。「どうも多くを望み過ぎていたらしい」

バーティ・ヴァン・ターンは狙い定めてタオルでぶとうとしたが、自分が無防備な丸裸なのにひきかえ、クローヴィスにはタオルばかりか万年筆という武器まであるのを思い出して、おとなしく椅子の奥へひっこんだ。

「その不滅の詩のさわりをちょっと聞かせてもらっていいか？　ここでなにを聞こうが、『煙突煙』発売日にはちゃんと借りて読むと約束するからさ」

「豚の餌桶に真珠をぶちこむようなもんだけど」クローヴィスが快く応じる。「ちょっとぐらいなら別にかまわないよ。冒頭はダーバー列席者一同の散会に始まるんだ。

いと高きヒマラヤ連峰のふるさとへ帰還せよ
やつれ青ざめたるカッチ・ビハーの象どもよ
凪《な》ぐ海原をゆく大ガレオン船の如く揺れ――」

「たしかカッチ・ビハーはヒマラヤの近くじゃないぞ」バーティがさえぎる。「この手の詩を書くときは、手近に地図ぐらい置いとけよ。それに、なんでやつれ青ざめてるんだ?」

「そりゃもちろん、さんざん神経が昂《たかぶ》って時間も遅くなったからだろ」クローヴィスが言った。

「それに、ヒマラヤはふるさとだってば。ヒマラヤの象がカッチ・ビハーに来たって全然おかしくないさ。アイルランドの馬だってアスコット競馬に出るじゃないか」

「これから帰るところだって言ったぞ」バーティは納得しない。

「だって、休養に里帰りするのは当然じゃないか。あっちじゃ、山地に象を放牧するのが普通なんだ。ちょうどこっちで馬を草地に放してやるようなものだよ」

クローヴィスの口からでまかせとはいえ、東洋ならではのまばゆい輝きがいくぶんなりと醸《かも》し出されてはいる。

「おしまいまで無韻詩《ブランクヴァース》か?」批評役のバーティが言った。

「もちろん違うよ、四行目で『ダーバーで』と韻を踏む」

「あざといまねを。でも、カッチ・ビハーにこだわるわけがそれでわかったよ」

「地名と詩想は一般に認められているよりも関係があるんだ。ロシアをうたった英語の詩に、これはという名作がほとんどない理由はもっぱらそこにあってね、スモレンスクにトボルスクにミンスクなんて地名じゃうまく韻が揃わないいんだよ」

クローヴィスの言葉には、実地にやってみた人間ならではの重みがあった。

「もちろん、オムスクとトムスクなら韻が揃うけどね」と続ける。「実際、そのためにあるような名前だが、大衆はいつまでもそんなものを許容しないからな」

「大衆の許容力はけっこうあるぞ」バーティが嫌味を言った。「それに、ロシアの事物は認知度が低いからな、なんならスモレンスクの末尾三文字は発音しないっていう脚注をいつも入れることにしたらいい。ヒマラヤの草地へ象を放牧するなんて話と同程度には信じてもらえるよ」

「これなんかちょっといいぞ」クローヴィスは平然と聞き流し、また口を開いた。「ジャングルの村はずれの夕景だ。

薄明《はくめい》にとぐろ巻きてコブラほくそ笑む
悠然たる豹の歩み　狙うは身構えたる山羊」

「実際には、熱帯に薄明なんてないけど」バーティが肩入れに回り、「だがまあ、コブラのほくそ笑む動機について何も書かないところはなかなかの技だね。よく言うように、わからないとかえって不気味だからな。『煙突煙』の読者が怖がって、電気をつけっぱなして寝るところが目に見えるようだよ。コブラがほくそ笑んでいる意味がわからなくて、夜通し不安にさいなまれるぞ」

「コブラがほくそ笑むのは生まれつきだよ」クローヴィスが言った。「ちょうど狼の習性で、どうしようもなく食べ過ぎた後でも年がら年中がつがつしているのと同じさ。後のくだりに、秀逸な色彩効果があるよ。ブラマプトラ河の夜明けを描いたやつ。

日輪の箭《や》に愛されたる東のかた琥珀に浸かり
あやなす血赤の、杏《あんず》の、また紫の宝玉をとろかし染める
マンゴーの樹々　したたるエメラルドの光沢に洗われ
朝の大気にたなびくは紫匂うオパールの靄靄《あいあい》
オウム多彩なる羽もきらびやかに朝霧を撲《う》つ
その身に深紅、カルセドニー、クリソプレーズの珠玉を奪って」

「ブラマプトラ河の夜明けは見たことないから」とバーティ。「うまく書けているかどうかはなんとも言えないけど、なんだかそこらじゅうで宝石泥棒をやらかしてきたみたいだな。まあとにかく、オウムでいい感じに地方色が出てるね。きっと情景描写に虎を出す気だろう？　インドの風景と言えば、虎の一頭や二頭は出てこなくちゃおさまりがつかないもんな」
「この詩のどこかに牝虎を一頭出しておいたよ」クローヴィスがノートを調べる。「おお、いたいた。

牝の黄虎、からみあうチーク樹の只中に
ごろごろと喉鳴らす子虎抱え　夢心地の幼き耳に
死に瀕したる孔雀の嘴《はし》より出《い》でし今際《いまわ》の喘鳴
血汐と涙に色づくジャングルの子守唄」

寝そべっていたバーティ・ヴァン・ターンがあわてて起き上がり、隣接のガラスドアへ向かう。「君の考えるジャングルの家庭生活はまったく寒気がする」と言う。「コブラだけでも不気味なのに、今度は虎の子育てまででっちあげるんじゃ、まったくシャレにならないよ。そんな調子でひとの全身を熱くしたり寒くしたりする気なら、すぐスチーム室へ入った方がよさそうだ」

「まあ、こいつを聞いてから行けよ」クローヴィスが言った。「これひとつで、どんなへぼ詩も話題作に早変わりだぞ。

然《さ》はあれ
頭上けだるく振り子刻む大団扇《パンカ》　死産せるは風のみどりご」

「それ読んだら、〝大団扇《パンカ》〟って冷たい飲み物の一種か、ポロ試合のハーフタイムだと思う読者がほとんどだろうよ」バーティはそう言い捨てて、スチーム室へ姿を消した。

やがて、つつがなく発売日に出た『煙突煙』誌は「退場讃歌」掲載号をもって白鳥の歌とした。それっきり続刊不能になってしまったのである。

ルーナ・ビンバートンはデリー・ダーバー戴冠式への列席を断念、サセックス・ダウンズ病院の介護病棟へ入院した。表向きはとりわけ過酷な社交シーズンに神経をやられたとしているが、ブラマプトラ河の夜明けから立ち直れなかったという実情を知る者も三、四人いる。

(The Recessional)

感傷の問題

ダービー大レースの前夜、レディ・スーザンの本邸でのお泊まりパーティでは、馬券を一枚でも買った人は目下のところほぼ皆無であった。その年の本命は文句なく折り紙つきでもないが、かといって他にこれといった馬が見当たらないという、なんとも煮え切らない年に当たっていた。大人気だからでなく、ライバル不在の引き算によって本命視されたのは、その名も棚《パードヴェンチャー》ぼた二世という馬であった。いわゆるクラブ地区に集まったロンドンのクラブメンバー全員がうんちくの限りを傾けて、よさそうな馬の目星をつけようとしたが、理詰めで押しに押せば、行きつく先はどんぐりの背比べだ。はるかに広い世界で大勢の人間を悩ませている堂々巡りの混迷は、とりも直さずレディ・スーザンのパーティ客たちにとりついた悩みでもあった。

「一発大穴の機会が巡ってきたなあ」とバーティ・ヴァン・ターンが言った。

「違いない。だが、どれで行く？」クローヴィスがそう問い詰めるのは二十回目だ。

女性客たちも同じくレースに切実な関心を寄せ、ご同様に手かがりがなくて困っていた。いつもなら行きつけの仕立屋に耳寄りレース情報をもらっているクローヴィスの母さえ、今回ばかりはお手上げだと白状した。その中で、あまりぱっとしない官吏養成学校の軍事史教授をつとめるドレーク大佐だけが歯切れのいい予想を口にしていたのだが、なにぶん意中の馬が三時間ごとにころころ変わるので、参考にするどころではなかった。なにより困るのは、ときたまぬかりなく周囲に目配りしながらあくまで内緒の議論に終始せざるをえないことだった。レディ・スーザンが賭けに不賛成だったからだ。不賛成の事柄はそのほかいろいろあり、世の中のほとんどにそうだ、とまで言う向きもある。レディ・スーザンの不賛成とは、世の女性多数にとっての神経痛や凝った刺繍と同じことであった。早朝起きぬけのお茶やオークションブリッジにも不賛成、スキーやツーステップダンスにも不賛成、ディアギレフのロシアバレエやチェルシー美術クラブ主催の舞踏会にも不賛成、フランスのモロッコ政策そして英国の政策全般に不賛成だった。とりたて厳格でも了簡が狭いわけでもないのだが、子だくさん一家の長姉として、おれがおれがという我の強い弟妹をかかえてずっときたので、自分の我を出すために他の子のささいな落度を大っぴらにやりこめるのが習い性になってしまった。あいにく、成長につれてその性癖も一緒にずんずん大きくなっていった。そうはいってもお金があり影響力もあり、おまけにすこぶるつきに面倒見がいいので、たいていの人は、飲みそびれた早朝のお茶が何回あったかなと心の内で数えるだけで気がすんでいた。それでも、その場に女主人がいるかぎり、目下の最大関心事をあたふたと切り上げざるをえないというのは、なかなか目星がつかない一刻をあらそう時期だけに苦慮しどころであった。

かなり支離滅裂な会話でぎこちなく昼食をしのぐと、クローヴィスはヒマラヤ雉《きじ》観賞という口実で、なんとかお客の大半を厨房裏手にあるキッチンガーデンの奥へ集合させた。早くも重大発見があったからだった。レディ・スーザンに仕えたせいで（クローヴィス曰く）早く老《ふ》け込んでしまったが、多くの面でとてもよくできた執事のモトキンは競馬に並々ならぬ関心を寄せる情報通でもあった。今年のレースについてはやはりこれといった材料がないとはいえ、これまでのところパードヴェンチャー二世が勝つのは見たくないという全員一致の意見に賛同していた。ただし、彼には頭ひとつ抜きんでている利点があった。近くの厩舎の厩舎頭をしている親類がいて、いつもなら馬の体調や密かな可能性の内部情報を教えてくれている。ただし五月最終週にパーティを開くというレディ・スーザンの計画のあおりを食って、間近な大レースについて相談に行くひまがなかった。それでも、なにかそれらしい口実を構えて午後外出の許可をもらえさえすれば、まだ自転車で聞きに行くだけの時間はとれるという。

「そのまたいとこにそれだけの目があるのなら」バーティ・ヴァン・ターンが言った。「大いにあてにしようじゃないか」

「手がかりがころがっている場所があるとすれば、絶対にその厩舎よ」ミセス・パクルタイドも期待を寄せる。

「その男が、モーターボート号というわしの予想を裏づけてくれるんじゃないかな」これはドレーク大佐だった。

その瞬間、あわてて話題を引っ込めざるをえなくなった。レディ・スーザンがペキニーズ犬狂いには不賛成ですと打ち明けながら、クローヴィスの母の腕にもたれて登場したからだ。昼食以来、彼女が不賛成を表明する機会を見つけたのはそれが三度目で、口には出さなかったもののクローヴィスの母のヘアスタイルに対する前々からの不賛成は勘定に入れていない。

「ヒマラヤ雉、みんなで見せていただいておりましたのよ」ミセス・パクルタイドが穏やかに言った。

「あの鳥たちでしたら、けさ早くノッティンガムの品評会に送りましたけど」考えなしに軽はずみな嘘をつくのは不賛成ですという顔で、レディ・スーザンは言った。

「あら、雉舎のことですわ。鳥には本当に申し分ない環境ですわね、どこもかしこも清潔そのもので」ミセス・パクルタイドは赤くなるほど熱を込めてとりつくろった。嫌味なバーティ・ヴァン・ターンは、ミセス・パクルタイドの欺瞞の歩みをきっぱりと断ちたまえと聞こえよがしな祈りをぶつぶつ唱えていた。

「今夜はお食事時間を十五分ほど遅らせますので、どうぞあしからず」レディ・スーザンが言った。「モトキンにちょっと緊急の呼び出しが参りまして。午後から病気の親類を見舞いに行きましたの。自転車でと申しましたが、わたくしが自動車で行かせました」

「まあ、お優しいこと！　もちろん、遅れるのはいっこうに構いません」しんから本気で、嘘偽りなく全員がそう返事したのだった。

その夜の晩餐では、まったく感情を出さないモトキンの顔におのずと密かな好奇の目が向いた。ナプキンの下にまたいとこお勧めの候補馬一覧を忍ばせておいてくれたかと、あてにしていた者もひとりかふたりいた。さほど待たされなかった。執事がシェリーはいかがですかと小声で回る際に、さらに一段と声をひそめて謎めいた言葉を呟いたからである。「おやめになったほうが《ベター・ノット》」ミセス・パクルタイドはそう聞いてぎょっとし、シェリーを断わった。執事の警告めいた不気味な勧めを、屋敷の女主人がいきなりボルジア家の毒殺道楽にふけりだしたのかと解釈したからだが、一瞬後に「ベター・ノット」がレース出走馬にいたのを思い出した。クローヴィスは早くも自分のカフスにその名前をメモしていたし、ドレーク大佐はドレーク大佐で、しゃがれたささやき声と身振りで、意中の馬は終始一貫してずっと「B・N」だったと一同に伝えた。

あくる朝は早くからロンドン方面へ電報の束が出発した。お客たちの分と、使用人部屋の注文をとりまとめたものだ。

午後は降られたのでお客の大半がホールに集まり、時間でもないのにお茶を待つようなふりをしていた。そこへ電報が配達され、そわそわをいちだんとあおった。電報をクローヴィスのもとに持って行ったボーイが、返事があるかなというふりでいつになく気にして待っている。

電報を読んだクローヴィスが、ええっと困り声をあげた。

「悪い知らせでないといいんだけど」レディ・スーザンにそう声をかけられたが、それ以外の者には悪い知らせだとばれている。

「ダービーの結果を知らせてきただけですよ」クローヴィスがぼそりと言った。「サドワが勝ちました。まったくの穴馬です」

「えっ、サドワ！」レディ・スーザンが声をあげた。「まさかそんな！　すごいわ！　わたくし、馬に賭けたのはこれが初めて。本当を言うと競馬には不賛成なのだけど、たった一度だけこの馬に賭けたの。そしたら大当たりしてしまったわ」

「あのう」みんなが黙りこくった中で、口を開いたのはミセス・パクルタイドだった。「なぜ、よりによってその馬になさったのか教えていただけません、予想屋が誰も当てられなかった大穴ですのに」

「それがねえ」レディ・スーザンが言った。「みなさんお笑いになるでしょうけど、名前です。

というのもわたくし、昔からずっと普墺戦争と縁がありますの。結婚したのは宣戦布告の日、一番上の子が生まれたのは講和締結の日でございましょう。ですからかねがね普墺戦争にかかわるものに出会うと素通りできなくて。そしたら出走表の中に普墺戦争ゆかりの名（サドワは普墺戦争の戦場となったボヘミアの地名）を見つけて、競馬には不賛成だけれど今度ばかりは賭けなくてはと思いましてね。そうしたら本当に勝ってしまったの」

みんないっせいにうめき声をあげた。なかでもひときわ大きかったのは、軍事史教授の声だった。

(A Matter of Sentiment)

セプティマス・ブロープの秘めごと

「ブロープさんってどういう方、何をなさっているの？」やぶからぼうにクローヴィスの伯母が問い詰めた。

それまで無心にはさみをあやつって、バラ花壇の咲き終わった花がらをよけていた女主人ミセス・リヴァセッジはその言葉に不意をつかれた。この人は自邸の客にやましいところなどないと決めてかかり、なんでもいいほうへとろうとする古き良きおもてなし派であった。

「たしか、レイトン・バザードの方だったと思いますよ」それが予備説明だった。

「きょうびは便利になって、旅が簡単になりましたから」そう言い出したクローヴィスは、群れる青バエを煙草の煙に巻いて追っ払っていた。「レイトン・バザードから来たからといって刻苦勉励型とは限りませんね。単に落ち着きがないだけかもしれない。よほど胡乱な目で見られていたたまれなくなったか、どうしようもなく薄情でふまじめな土地柄に抗議しておん出てきたとかいうのであれば、まだしも人柄性向のほどが知れますが」

「で、お仕事はなんですの?」伯母のミセス・トロイルが真っ向からたたみかけた。

「教会月報の編集長さんです」女主人が言った。「記念碑や翼堂、ビザンツ様式が現代典礼に与えた影響などに大変な知識をお持ちですよ。もしかするとご専門がちょっと特殊に偏り過ぎかもしれないけど、いいハウスパーティにはいろんな方がいらっしゃったほうがいいでしょ。どうしたの、ひどく退屈させられました?」

「そんなことでしたら気にもなりません」クローヴィスの伯母が言った。「どうにも気になるのは、うちのメイドを誘惑なさるからです」

「んまあ、ミセス・トロイル」女主人は息を呑んだ。「どこからそんな途方もないことを! ブロープさんなら、そんなこと夢にも思われないのは確かですよ」

「あの方の夢にはまったく興味ございません。わたくしの見た限りでは、ここの女中部屋の全員に不適切な下心を持ち、手当たり次第に制覇する夢かもしれません。ですが、お目が覚めてらっしゃる時間帯にはうちのメイドに手を出させませんよ。問答無用です、その点だけは譲れません」

「ですけど、絶対なにかのお間違いよ」ミセス・リヴァセッジが言い張る。「ブロープさんに限って、断じてそんなことはなさいません」

「どういたしまして、わたくしの知る限りでは断じてそんなことをする方ですわ。それに、この件に意見を言わせていただけるのでしたら、断じてそんなことはさせません。むろん、双方にちゃんとした気持ちがあれば、お話はまた別ですけど」

「翼堂やビザンチン様式の影響について、あんなためになる名文をものされる方が、そんなでたらめをなさるとは絶対に思いもよりません」ミセス・リヴァセッジが言った。「そういうことをなさったとおっしゃる証拠は何かしら。あなたのお言葉を疑いたいわけではもちろんありませんけど、一方の意見も聞かずに早とちりで断罪してはいけませんでしょう?」

「わたくしたちが断罪しようがしまいが、あの方の意見でしたらはっきり聞いております。だって、わたくしの化粧室と隣り合わせのお部屋でしょ、二度ばかりどうやらこちらがいないと思ったらしくて、壁越しにこうおっしゃるのをはっきり聞いたんですの。『愛してるよ、フローリー』二階の部屋の壁はとても薄いでしょう、隣室で時計の刻む音が聞こえるぐらいですものね」

「おたくのメイドさん、フローレンスっていうの?」

「フローリンダです」

「メイドにずいぶん凝った名前をおつけになること!」

「わたくしじゃございません。家に来た時、洗礼名でもうついてたんです」

「いえね」ミセス・リヴァセッジが言った。「うちではメイドが来た時に、分不相応な名前の子はジェーンと呼ぶことにしてますの。呼ばれるほうもすぐ慣れますわよ」

「素敵ですわね」クローヴィスの伯母が冷ややかに言った。「あいにく、わたくしもジェーンと呼ばれるのに慣れておりますの。たまたまそれが名前ですので」

そうしてすごい勢いで謝罪を並べ立てるミセス・リヴァセッジを、いきなりこうさえぎった。

「問題はうちのメイドをフローリンダと呼ぶかどうかではなくて、ブロープさんがあの子をフローリーと呼ぶのを許しておくかどうかです。そうはさせないというのが、こちらの強い意向です」

「なにかのはやり歌のリフレインかも」ミセス・リヴァセッジが希望的観測を述べた。「そういう女の子の名前を入れた、ばかげたはやり歌みたいなのはたくさんありますわよね」と続けながら、この件に詳しそうなクローヴィスの方を向いた。「ほら、『私をメアリと呼ばないで――』とか」

「大丈夫です、そんなことは思いもよりません」クローヴィスが保証した。「そもそもお名前はヘンリエッタだと存じておりますし、そんな馴れ馴れしく呼ぶようなお付き合いもさせていただいておりませんので」

「歌の文句のことですよ」ミセス・リヴァセッジがあわてて説明した。「それですとか『ローダ、ローダにゃあずまや《パゴダ》がある』とか『メイジーはデイジーの花』とか、他にも山ほどあるでしょ。ブロープさんがそんな歌をお歌いなんて思えませんけど、ここはいいほうにとってあげるべきじゃないかしら」

「それならもういたしました」ミセス・トロイルが言った。「さらなる物証が出てきたんです」てこでも開けないぞと口をへの字にしつつ、どうかもう一度開けてくださいと確実に言われそうな成り行きに、まんざらでもない顔だった。

「さらなる物証ですか！」女主人が声を上げた。「話してくださいな！」

「朝食後に二階へあがりかけましたら、ブロープさんがちょうどわたくしの部屋を通り過ぎるところでした。そして、これ以上ないほどの自然なそぶりで手にした包みから紙切れをひらりとドアの前に落とされました。危うく『もしもし、何か落としましたよ』と言いかけたのですけど、なぜか言わずじまいで、あの方が無事にお部屋に入られるまで隠れておりましたの。それと申しますのもね、ふと気づいたんですけど、その時間にわたくしが部屋にいることはまずございませんでしょう。いつもほぼそのころに、フローリンダが部屋の片づけなどをしております。ですから何食わぬ顔をして、その紙を拾いました」

ミセス・トロイルはまた一拍置いて、りんごのシャルロットからマムシが出たぞ、と言わんばかりの得意顔をした。

はさみを握るミセス・リヴァセッジの手元に力がこもり、ちょうどいい具合にほころびかけたバラ「フォークストーン子爵夫人」の首をちょんぎってしまった。

「その紙には、なんと?」

「鉛筆書きで、これだけでした。『愛してるよ、フローリー』かすかな線で消してありましたが、その下にはっきりこう読めました。『庭のイチイの下で逢いましょう』」

「イチイの木なら、庭の一番奥にございます」ミセス・リヴァセッジが認めた。

「とにかく本気みたいですね」クローヴィスが評した。

「こんなスキャンダルが、うちの屋根の下で起きそうだなんて!」ミセス・リヴァセッジが憤慨する。

「屋根の下でそういうスキャンダルが起きたら、よけい悪いと感じるのはどうしてでしょうか」クローヴィスが評した。「猫族がそういったスキャンダルをたいてい屋根の上で行うのは、実にすぐれた感性の証左だとかねがね思っておりました」

「こうして考えてみると」ミセス・リヴァセッジがまた話しだした。「これまで見落としていた点が、ブロープさんにはいくつもありますね。例えばあの方の収入です。教会月報の編集長は年俸わずか二百ポンド、ご実家はとても貧しいと承知しておりますし、ご本人は資産をまったくお持ちではないの。それなのにどうにかウェストミンスターのアパートに住んでいらっしゃるし、毎年のようにブリュージュなど海外各地へ旅行なさってるし、いつも身だしなみが行き届いて、社交シーズンになれば素敵な昼食会を何度も開いてらっしゃるの。それ全部、年に二百ポンドぽっちで出来やしないでしょ？」

「他の新聞にも書いていらっしゃるとか？」ミセス・トロイルが尋ねた。

「いいえ、なにしろ教会典礼と教会建築がご専門ですから、書ける範囲はかなり限られています。いつか一度『狩猟と演劇』へ狐狩りの名所にある教会建築の話を送ろうとなさいましたら、あまり一般受けがしないと突っ返されました。いいえ、書いたものだけであんな生活をまかないきれるはずがありませんよ」

「もしかすると、アメリカのマニアに偽物の翼堂を売りつけているのかも」クローヴィスがそう水を向けた。

「翼堂って売れるの？」ミセス・リヴァセッジが言った。「そんなの無理でしょう」

「あの人がどうやって収入をひねり出しているかはさておき」ミセス・トロイルがさえぎった。「家のメイドに言い寄って暇つぶしをなさろうとするのは絶対ごめんだわ」

「むろんその通りよ」女主人が同調した。「すぐやめさせなくては。でも、どうしていいかさっぱりわからない」

「予防措置として、イチイの木に有刺鉄線を張り巡らすといいかもしれません」クローヴィスが言った。

「軽薄なおふざけでは、こんな不快な状況は改善しないんじゃないかしら」ミセス・リヴァセッジが言った。「きょうび、いいメイドは宝ですよ――」

「本当に、フローリンダがいなくなったらどうしていいかわかりません」ミセス・トロイルが認めた。「あの子はわたくしの髪のことをよくわかってくれています。自分で結うのはとうの昔にあきらめました。髪の毛は夫と一緒ですよ。内情はどうあれ、人前でちゃんとしていればいいんですから。あら、銅鑼《どら》が鳴ったわ。きっとあれはお昼食の合図ね」

昼食がすむと、クローヴィスはセプティマス・ブロープと喫煙室で二人きりになった。なにかに気を取られて上の空のようすを、クローヴィスは黙って観察していた。

「ローリーって何だっけ?」セプティマスがふと尋ねた。「もちろん車のほうじゃなくてさ、そんな鳥がいなかったかな。インコより大きいぐらいのだよ?」

「ヒインコ《ローリー》じゃないの。Rはひとつだけだ」クローヴィスがだるそうに答えた。「君には使えないよ」

セプティマス・ブロープはちょっとびっくりしていた。

「どういうことだい、使えないって?」声にさっきより不安が目立った。

「フローリーと韻が合わない」クローヴィスがぽつりと説明した。

　セプティマスは急に椅子にかけ直し、あからさまな警戒心を出した。

「それ、どうしてわかった？　フローリーと韻を踏む言葉を探しているとなぜ知った？」と鋭く尋ねた。

「さあね」クローヴィスが言った。「ただのあてずっぽうさ。君が味もそっけもない貨物自動車《ローリー》を、熱帯の緑豊かなジャングルの羽の生えた詩情に仕立てたがってるんだもん、ソネットでも作ってるに違いないとわかるさ。そうすると、ローリーと韻が合う女名前といったらもうフローリーぐらいだろ」

　それでもセプティマスはまだ不安そうだ。

「もっと何か知ってるはずだ」

　クローヴィスは穏やかに笑ったが、なにも言わない。

「どこまで知ってる？」セプティマスが必死で食い下がる。

「庭のイチイまで」クローヴィスが答えた。

「あれか！　どこかへ落としたのはわかってたんだ。でも、その前からうすうす感づいてはいたんだろう？　なあ、ぼくの秘密を嗅ぎつけたんだろう。でも、まさかばらしたりしないよな？人に恥じるようなことは何もないんだが、教会月報の編集長がおおっぴらにそんなことをすると、ちょっと具合が悪い。だろ？」

「それはそうだろうなあ」クローヴィスは認めた。

「だってね」セプティマスが続けた。「そっちの収入がばかにならないんだよ。教会月報だけじゃ、今の生活はとうていやっていけない」

そう言われて、さっき切り出した時のセプティマスより驚いたほどだが、表に出すほどクローヴィスはうぶではなかった。

「じゃあ、君は金儲けしてるのかい――フローリーで？」

「いや、フローリーはまだ儲からない」セプティマスが言う。「本音の話、こう言っても構わないんだが、フローリーにはもういいかげん頭が痛い。だが、他にもいろいろあるからな」

クローヴィスは煙草の火を消した。

「話が面白くなってきたぞ」ゆっくり言った。それからセプティマス・ブロープの次の言葉を聞いて、うっすらのみこめてきた。

「他にも山ほどあるよ、例えばこんなの。

珊瑚《さんご》のくちびる　コーラ
君とぼくとは一生仲良し

初期に手がけたヒット作で、いまだにロイヤリティが入ってくるよ。それからこんなのも――『エスメラルダ　初めてあの子を見た日から』とか『きれいなテリーザ　喜ばせたい』どっちもかなりヒットした。それからもうひとつ、かなりイタいのが」セプティマスは真っ赤になって続けた。「おかげで、他のどれよりも金はもらえたんだけど。

生き生きかわいいルーシーちゃん、
かわいいお鼻をツンとはねて

もちろん、こんなのはどれもこれも虫酸《むしず》が走るよ。実際、おかげで女嫌いに拍車がかかってるんだが、なにしろ財政面での貢献がばかにならないから、やめますとも言えない。同時に、教会建築と典礼関係の権威というぼくの立場が全然とは言わないまでも、かなり損なわれるのはわかるだろ、もしも『珊瑚の唇のコーラ』その他もろもろの作者だとばれたら」

クローヴィスはなんとか気を取り直し、かなり怪しい声にせよ、フローリーで困っているというのはどういうことだいと親身に聞くふりをまずまず上手にやってのけた。

「詩にまとまらないんだよ。試しにやってみようか」セプティマスがふさぎこんだ。「つまりね、覚えやすいリズムに乗せて感傷的で甘ったるい誉め言葉を山ほど詰めこまなくちゃいけないし、それまでの人となりやこの先の人生も、ある程度はわかるようにしなくちゃいけない。これまで成功したどの歌にもそういう要素がもれなく盛り込まれてる。でなければ、その子たちと君が二人で迎える幸せな将来を盛り込まなくちゃいけない。例えばこんなふうだ。

華奢でしとやか、愛するメイヴィス
彼女はほんとにレアな逸品
だからそっくりつぎ込んであげる
ぼくの貯金はメイヴィスのもの

こんな文句を、嫌になるくらい甘ったるいワルツに乗せて歌うんだ。ここ何ヵ月か、ブラックプールなんかの行楽地で口ずさまれるのはその歌ばかりだよ」

今度という今度こそ、クローヴィスは大声で笑ってしまった。

「ごめんごめん」くつくつ笑った。「だけどさ、ゆうべ君が親切に読ませてくれた『コプト教会と初期キリスト教礼拝の関係』のしかつめらしい論文を思い出したら、つい笑っちゃって」

セプティマスがうめき声を上げた。

「どうなるかわかるだろう。あの惚れた腫れたべったべたの駄作を書いたと人に知られるが早いか、一生かけたまじめな仕事はみんな軽んじられてしまうだろう。はっきり言ってぼくは碑銘研究にかけては当代の第一人者だし、実際いつかはそれについての論文を出したいと思っている。だけど、これだけは指摘しておかないと。どこへ行こうと、この国の海岸という海岸で黒人ミンストレルの歌手に歌われている流行歌はどれもこれもぼくの作なんだ。わかるかい、ずっとフローリーを憎みながら、その一方で砂糖まみれの甘々な歌詞をつけようとがんばるってどういうものか」

「じゃあ、それを率直にぶつけてさ、暴力路線でいったらどうだ？　リフレインが女の悪口になった歌が出てきたら、目先が変わって受けるんじゃないかな。ただし、手加減せず思い切って存分にやればの話だよ」

「それはちっとも思いつかなかった」セプティマスが言った。「べたべたのお世辞に慣れているから、いきなりの路線変更では、なかなか癖が抜けないかもしれないけど」

「今の路線はちっとも変えることないよ」とクローヴィス。「無意味なたわごと路線はそのままで、センチメンタルな文句だけ裏返しにしてやればいい。本体だけ作ってくれれば、リフレインはぼくがやってあげるよ、そっちのほうが肝心なはずだろ。だから報酬はロイヤリティの半分いただく。その中に君の後ろめたい秘めごとへの口止め料も込みだから、世間の目にはあいかわらず翼堂とビザンツ典礼に生涯を捧げた研究者でいられるよ。ぼくのほうではほんの時たま、冬の夜長なんかに煙突にひどい風が吹きこみ、雨が窓を叩く時などにふと、『珊瑚の唇のコーラ』の作者は君だったなあなどと思うだろうけど。もちろん、口をつぐんでいるぼくに真摯な感謝を表してくれてだね、ぜひとも行ってみたいアドリア海とか、同じぐらい面白い土地へ丸抱えで連れてってくれるというんなら、その気持ちを断じて無下にするようなぼくじゃないよ」

やがて午後遅くになると、ジェイムズ一世時代風の庭園で軽い運動に励むミセス・リヴァセッジと伯母のところへクローヴィスが近づいた。

「フの字の件、ブロープさんと話がつきましたよ」と言い渡した。

「まあすごい、やったわね！　あの人なんて？」二人のレディからはすかさずそんな言葉が返ってきた。

「秘密を知っているぞと伝え、率直に腹を割ってもらいました」クローヴィスが言った。「どうやらちょっと不釣り合いな縁組であっても、いたって真剣に考えていたようです。だから、それは今までのやり方では夢のまた夢だと言ってやりました。それでも思い切れない、フローリンダは自分にまたとない伴侶になると考えていたようでしたが、そこでぼくがこう指摘してやりました。彼のことを理解してくれそうな純真無垢の若いイギリス娘なら、これからも育ちのいい家庭にごまんと見つかるだろう。だけど、伯母さまの髪をわかってくれる人は世界中探してもフローリンダしかいないんだと。こちらの出方さえちゃんとしていれば、あいつも根は身勝手じゃないのでね、ずいぶん落ちこみました。それで今度は楽しかった子供時代の思い出へ訴えかけ、レイトン・バザード（あっちにもデイジーくらい生えているでしょう）のデイジー咲き乱れる野原で過ごした話などしたら、明らかに感じ入っていました。まあとにかく、以後フローリンダのことはきっぱり思い切ると約束してくれ、気晴らしにちょっと海外旅行するのが一番だという話に落ち着きました。ぼくもラグーザまでついていってやる予定です。今回のささやかなお手柄を認めるしるしに、伯母さまが素敵なスカーフピン（費用だけです。選ぶのはぼくにやらせてくださいね）をくださるとおっしゃるのなら、そのお気持ちを断じて無下にするようなぼくじゃありません。旅の恥はかき捨てで、海外旅行に出かける身なりに構わない人がよくいますが、ぼくは違いますのでね」

数週間後、ブラックプールその他の行楽地では、以下のリフレインをつけた流行歌が不動の人気を博した。

やんなっちゃうぜ　フローリー
青いおめめはおつむ空っぽ
青くなっちゃうぞ　フローリー
ぼくと結婚したならば

なめたら怖いぞ　フローリー
男の本気をみせてやる
粗大ゴミなら捨てるぞ　フローリー
ぼくと結婚したならば

(The Secret Sin of Septimus Brope)

属する身分や時代にそぐわぬスコウ公爵の奇矯さは、弱冠にもならないうちから際立つようになっていた。姿かたちが、ではない。そちらはまったく標準だった。髪にはウビガン香水をほのかに香らせ、体の反対端では、靴がかすかな馬具室の臭いを放つ。悪目立ちして敬意を損なうことのない靴下。落ち着いたたたずまいは、ホイッスラーの母親の肖像をうんと若くしたようだった。同じ身分階級の中で異彩を放つ部分を問題視するとすれば、内面にあった。公爵は信心深かった。よくある意味ではない。高教会派と低教会派をさほど区別せず、教派、伝道会、カルト、現代の十字軍などからはことごとく距離を置いて興味関心を持たなかったが、少年時代から独特の手法で神秘と実際面を両立させて曇りない信仰心をひたむきに神に捧げていた。当然ながら、一族はその点を目立たせないようにしつつも陰で苦慮していた。「そのせいで困ったことをやりかねないのが心配で、心配で」とは公爵の母の言葉であった。

セント・ジェイムズ公園に出かけた公爵は一ペニーの貸し椅子席で、最悪を想定しながら政局の現状を斬る悲観主義者ベルタルビットの時事解説にじっと聞き入った。

「君たち政治穿鑿屋の、実にばかげていると思われるのはね」と公爵は言った。「まるで見当違いの努力をしている点だよ。何千ポンドもかけ、知力体力をどれほど絞ったことやら。そうまでして、こいつを選んであいつを落とそうなどとやっている。だったら目標をもっと単純に絞りこみ、手持ちの連中を役立てればいいではないか。それでも目的に合わないなら、連中を変えてやったらいい」

「催眠暗示の話かね？」実にくだらんという口ぶりでベルタルビットが尋ねた。

「まるで違う。『ケーペニックする』という動詞（一九〇六年、ドイツのケーペニック市で靴職人が陸軍大尉になりすまして市庁舎を占拠した事件に由来）を使えばわかってもらえるか？　まあ言うなれば、ある実力者を少しのあいだなら本物で通用する重みをもつ替え玉にすりかえるんだ。利点はもちろん、自己判断を最優先する本物にひきかえ、ケーペニックした替え玉は何でもこちらの思い通りになることだね」

「たぶん、替え玉なら控えに二人、三人とまでいかなくとも、政界の人間はみんな持ってるんじゃないか」ベルタルビットが言った。「だが、替え玉ごとケーペニックして本物を遠ざけるのは容易なこっちゃないぞ」

「ケーペニック術の高度な成功例なら、欧州史にいくらでもあるよ」公爵が夢見るように言った。

「ああ、もちろんな。ロシアの偽ドミトリー事件とか、英国のパーキン・ウォーベックとか。しばらくは王を僭称した」ベルタルビットは譲歩した。「だが、なりすましの相手は死者か逃亡者に限っていた。手口もわりあい単純なのばかりだ。たとえば生きたリチャード・ホールデイン（国防義勇部隊を創設した陸軍大臣）より、死んだハンニバルで通すほうがはるかに簡単だろ」

「考えていたのだが」公爵が言った。「中でも名高い例は、シチリア王ロベール・ギスカールにケーペニックして素晴らしい効果をあげた天使だね。考えてもみたまえ。恐ろしいが便利な言葉を使えば、クインストンやヒューゴ・シズル卿の首を天使にすげ替えれば、議会運営がどれほど楽になることか！」

「だんだんたわごとになってきたぞ」ベルタルビットは言った。「天使なんてものは今の世に存在しないんだ、少なくともそういう形では。そんなものをまじめな議論に引き入れてどうする？ばかばかしいだけだよ」

「そこまで言うなら、ちょっと実地にやってみせてあげよう」公爵は言った。

「やるって、なにをだ？」ベルタルビットが尋ねた。若い友人のただならぬ含みの多い物言いには、怖くなることがちょいちょいあった。

「天使を呼んで、お荷物になってきた公人数名と入れ替わってもらおうじゃないか。その上で、できそこないの本物は一時お蔵入りに処し、しかるべき動物に変えてしまおう。そういう術に要する知識や力を誰でも持てるというわけではないけれど――」

「おい、たわごともいい加減にしてくれ」ベルタルビットは腹を立てた。「だんだんうんざりしてきた。そら、クインストンだぞ」ほとんど人通りのなくなった横丁をやってくる、若い閣僚を見かけて言った。その性格が一般の注目を集め、それゆえに不人気の的にもなっている公人だ。

「君、早くしたまえ」若い公爵はさも見下したように、閣僚へあごをしゃくった。「そろそろ賞味期限が切れかけているぞ」わざと挑発的な声で続ける。「無能ぞろいの君の派閥は、じきに世界のくずかごへまとめてポイだな」

「なにを、イチゴの葉冠（伯爵以上の貴族の冠にはイチゴの葉があしらわれる）だけがとりえの見掛け倒しの三下めが」相手はちょっと呆然としたあとで、発作的に口にした。「まとめてポイなんぞと、いったい何様のつもりか教えてくれんか？　多数票はこちら、地力も運営力も上なんだぞ。こっちがその気にならない限り、天地のいかなる力をもってしても今の地位から追い落とされるはずがない。いいか、天地の――」

ベルタルビットはそこで目玉が飛び出そうになった。つい今しがたまで立っていた場所から大臣が消え失せたのだ。その空間を埋めるよりむしろ際立たせるように、羽をふくらませて取り乱した雀がぽんとあらわれ、しばらくぼうっとしながらぴょんぴょん跳ねまわったのち、甲高い声でぎゃあぎゃあ責め立ててきた。

「もしも雀の言葉がわかれば」公爵がすまして言った。「おそらく先ほどの『イチゴの葉冠だけがとりえの見掛け倒しの三下』などよりはるかに口汚い言葉が聞けるはずだよ」

「だが、なんてこった、ウジェーヌ」ベルタルビットがしわがれ声を出した。「いったいどうなっ——おい、あいつがいるぞ！　どこから出てきた?」わななく指の先に、消えた大臣のそっくりさんがまたしてもさっきの道をたどってきた。

天使の化けたクインストンが、気さくな笑顔で挨拶した。「いいなあ君たち、そこでふたりして腰をおろしていられて！」とさみしそうにする。

「われわれのようにけちな連中と一緒のところを見られては、まずいのではないかな」公爵が冷やかした。

「けちなのは私だろう?」天使が謙虚に応じた。「これまでずっと人気という車輪の後ろで、荷車をついて回る野良犬のようにほこりを浴び続けながら、歯車に不可欠な部品のふりを懸命にしてきた。きっと、はた目には完全な大ばかに見える時もあったんじゃないかな」

「君は完璧な天使だと思うよ」公爵が言った。

天使クインストンはにっこりしてそのまま行き過ぎ、ホースガーズ・パレード広場をつっきっていく。その後をしつこい小さな雀が怒って追いかけながら、ひっきりなしに激しくさえずった。

「あれは、ほんの小手調べだ」公爵が平然と言った。「党派にかかわりなく術を施しておいた」

ベルタルビットは理路整然たる受け答えが出てこなくなり、脈を打つ音ばかりが耳についた。

公爵はというと、湖水公園の水面に泳ぐ小ぶりな水鳥たちに混じって、ひときわ偉そうに首をそびやかした黒鳥に目を据えていた。さも偉そうにしているにもかかわらず、どこかしら明らかな動揺と憤怒をのぞかせている。その鳥なりに、さっきの雀同様に怒り驚いているようだ。

同時に、人間が道をやってきた。それを見てベルタルビットは事情を悟った。

「ケゾンだ」ぽつりと漏らした。

「天使ケゾンだよ、私の見間違いでなければ」公爵が言った。「ほら、人に愛想よく話しかけている。間違いない」

ヒマラヤの万年雪を思わせる冷たい威厳を保った元インド総督に、いかにも失業者といったみすぼらしい人物が話しかけた。

「すいません、旦那、あの白い鳥の群れはコウノトリですか、それともアホウドリですかね。今、どっちかなあって話してたとこなんで――」

万年雪はたちまち消え、しんから気さくな物腰になった。

「あれはペリカンですな、鳥がお好きですか？　よろしければ、あの屋台でミルクと菓子パン

でもご一緒しませんか、そうしていただければインドの鳥の面白い話をお聞かせしましょう。さ
さ、あちらへ！　たとえば九官鳥ですが——」

二人は打ち解けて話しながら、菓子パン売りのいるほうへ去っていく。手すりを隔てて池の水辺沿いに、憤怒で声も出ない黒鳥がそのあとをつけていった。

ベルタルビットは口あんぐりで二人連れを見送り、怒り狂った黒鳥に目を移し、ようやく恐れをなした了解の顔になって、なにもなかったように椅子にくつろぐ若い連れを見た。もはや起きた事態に疑問の余地などない。さっきの「たわごと」が恐ろしい現実に変わったのだ。

「濃いめのブランデー・ソーダ、仕上げにプレーリー・オイスターでもひっかければ正気づくかもしれん」ベルタルビットは弱々しく言うと、ぐったりと行きつけのクラブを目指した。

ようやく神経を立て直して、ちらりとでも夕刊を見られるようになったのは夜更けになってからだ。国会レポートを読んでみればいろいろと意味深な記事があり、ずっと振り払おうとしていた恐れをかえって裏づけた。大蔵大臣アプ・デイヴ氏は物議を醸す活発な話しぶりで敵も味方も多いが、政敵へ向けての政見表明のさなか、最近のスピーチで反対派納税者を「さぼり屋」呼ばわりしたことに触れて自発的に謝罪し名誉回復した上で、無力な立場で手を尽くして働きかけにつとめた彼らのことはちゃんと記憶にとどめ、新たな大蔵法案で法的措置を講じて誠心誠意報いる所存だと述べた。その衝撃発言から議会が立ち直るいともなく、こんどはヒューゴ・シズル

卿が進み出て、公正・忠実・率直などご対応はすばらしいと、大蔵大臣だけでなく閣僚全員に率直な賛辞を呈してさらに全会をびっくりさせ、おかげで不測の事態につき会期延長してはどうかという重大な動議まで飛び出した。

ベルタルビットは心配そうに、国会レポートの真下にある他の記事をざっと拾い読みした。

「議事堂前庭で、行き倒れ寸前の山猫発見」

「はて、いったいどっちのなれの果――」つぶやきかけ、呆然とするようなことに思い及んだ。

「まさか、二人まとめてひとつの生き物にした?」あわててプレーリー・オイスターのお代りを注文した。

クラブでのベルタルビットはきちんと節度を守る飲み手で通っていた。それなのに、その日に限ってきついカクテルばかりあおるものだから、かなりの憶測を呼んだ。

翌日からの数日間は驚天動地の出来事があいつぎ、大いに世間を騒がせた。なにが起きているのかなんとなく察していたベルタルビットはそのたびに警戒感を強めた。古い格言に、「政治において予想外の事態は、これまでなかっただけでよくあることだ、とつねに正当化される」とある。大物が豹変して耳目を驚かすのは、なにも国政だけの流行《はやり》ではなかった。競合するターフ社への反感をあらゆることに結びつけるので知られていたチョコレート業界の大立者サドバリーはどうやら天使に入れ替わったらしく、競馬馬主としての収益を投じて公共電化を推進すると発表。

スポーツとは階級不問の不特定多数に健全な野外娯楽を提供するのが目的である、馬育成という重要産業の活性化は余禄にすぎないと練れたところをみせ、ピンクの星をちりばめたクリームの輪数個がチョコレートの背景に浮かぶ同社のマークを、ターフ社のどれにもひけをとらない確固たる人気商品にした。と同時にサドバリーは、おおむねその日暮らしの階級に、小遣い稼ぎの賭けという悪習がもたらした病理を断ち切るため、傘下の大衆夕刊紙では賭け情報と予想屋記事一切をやめると発表した。その行動を直ちに認めて支持したのは、同じく半ペニーで買える安い大衆夕刊の最大ライバル紙にあたる『夕刊展望』紙の天使社主であった。同紙もただちに同様の競馬記事禁止令を発表、ほどなく主要大衆夕刊紙は足並みそろえて、勝ち予想馬の開始オッズ記事をことごとく一掃した。すぐさま結果として夕刊各紙の発行部数はどっと落ち込み、おかげでもちろん広告掲載効果もがた落ち、新規の需要にこたえて賭け専門新聞があらわれ、部数を順調にのばした。それによって、前にもまして賭けの習慣が一般に普及浸透した。どうやら公爵は、いくら国家の指導層をまったく私心のない天使でケーペニックしたところで、一般大衆のレベルが元のままなら片手落ちに終わるというのを見落としていたらしい。

さらにひどい騒ぎは出版業界で唐突に起きた劇的な和解劇だった。『審査官』誌の天使主筆と『アングリアン・レヴュー』の天使主筆が互いの出版物に対する偏見・軽侮・批判攻撃を止めただけでなく、一定期間を設けてそれぞれの編集長を相互交換すると合意した。そして、またしても世間の逆風は天使陣営へ吹いた。『審査官』固定読者層はそれまでなじんでいたほぼベジタリアン向けメニューの合間に、こってりした肉料理を突きつけられてひどく文句を言った。たとえ内心ではこってりした肉料理が嫌いでもない人たちでさえ、独立した別メニューとしてならともかく、『審査官』の誌上ではやめてほしいと当惑した。お茶とトーストが出てくるはずだと思っていたところへ、いきなりツーンと鼻にくるニシンサラダがきてしまったとか、ふんだんにトリュフをちりばめた贅沢なフォワグラのパテがパン粥《がゆ》のボウルにどっぷり沈んでいたとしたら、いかに動じない人でも心穏やかではいられなくなる。同様の猛抗議が『アングリアン・レヴュー』固定読者からも起きた。こちらの抗議は、十六歳ぐらいの若者たちが人目を盗んでむさぼり読むような文芸作品がほとんど提供されなくなったせいだ。これでもかというほど徹底した事前警告も不平の的になり、有害要素をあらかた抜かれた青少年向け読物なんて、無人島で暴動条例を読むようなものだと苦情が寄せられた。結果、二誌とも深刻な部数の落ち込みに悩んだ。戦争でなく、和平にも荒廃はある。

やはり若い公爵がまったく見落として思わぬ揚げ足をとられたのは、著名政治家の妻たちであった。生身の人間の夫がさんざん風見鶏やら変節やらをする隣で恥をかいてきたのはどの妻も同じで、党派の垣根などないだろう。政治家は鞍替え先をはっきり決めたら、対外的なつきあいは妻にやらせて泥をかぶらせる。だから、思いやりのある政治家はかなり晩婚になるのが普通だ。

それでもこのたび味わわされた驚天動地とはくらべものにならなかった。国会ではぶつぶつ言われながらもなんとかおさまったが、大物政治家たちの家庭内はおさまるどころではなかった。そんなとき、なにかというと広く引き合いに出された話だが、某夫人はずっと天使夫に対して辛抱に辛抱をかさねたあげく、これまでの努力をことごとく水の泡にされ、このまま我慢して夫に従い続けてもなにもならないと、はしなくも目から鱗《うろこ》が落ちたのだった。

国会の平和はというと、その後の海軍予算案提出であっけなく消え失せた。海軍予算案が妥当か否かをめぐって、内閣と野党がいつものように激しくやりあった。天使クインストンと天使ヒューゴ・シズル卿は個人攻撃や揚げ足取りをやらずに審議を進めようとはかったが、お上品にやる気など毛頭ない海軍卿ハルファン・ハルフォアが、二大政党のせいで修正予算案が通らないというなら、こちらも荒くれ水兵五万を連れて乗りこみ、国会そのものを難破させてやると脅して大騒ぎになった。口々に非難する政敵たちに応えて彼が議席から立ち上がり、大声で啖呵《たんか》を切ったのは忘れがたい名場面であった。「おお、やくざ者呼ばわり上等だ」

セント・ジェイムズ公園のあの恐ろしい朝からずっと、ベルタルビットは若い公爵に連絡を取ろうとして何度も失敗に終わっていた。が、ある午後クラブでばったり鉢合わせした。相変わらず小ぎれいで、涼やかに平然としていた。

「なあ、教えてくれ。いったいコクスリー・コクソンを何に変えた?」ベルタルビットが心配顔で出した名前は、英国国教会非正統派の領袖の一人であった。「あいつが天使の存在を信じているとは考えにくいし、やつに化けた天使が説教壇上から正統派の説教をかましているのを見かけようものなら、フォックステリアにされてたらすぐさま狂犬病になるんじゃないか」

「フォックステリアになったのではないかな」公爵がのんびり答えた。

ベルタルビットは大声でうめき、椅子にへたりこんだ。

「いいか、ウジェーヌ」あたりをよく見まわして、誰にも聞こえないのを確かめた上でしわがれ声を出した。「もう止めとけ。整理公債の価格は気管支の弁かっていうほど派手に乱高下するわ、議会で昨夜ハルフォアがした演説にはだれもかれもひたすら肝が縮んだぞ。それに、何よりシスルベリーの件が――」

「何か言ったのかい?」公爵があわてて尋ねた。

「何も。だから騒ぎになってるんだ。この重大時に一世一代の演説を行わないわけにはいかんとみんなが思っているときにだ、ニュース電信機の紙テープを見たんだが、やつめ、現在いかなる演説をするつもりもございませんと言いやがった。やつ曰く、単なる演説以上のものが求められているんだと」

若い公爵は黙りこみ、目だけが静かな喜びを浮かべていた。

「全然、シスルベリーらしくない」ベルタルビットが続けた。「少なくとも」疑う口調で、「本物のシスルベリーらしくない――」

「本物のシスルベリーなら、タゲリになって、今頃どこかでひっきりなしに鳴きながら飛んでいるよ」公爵がしれっと言った。「天使シスルベリーは大いに何かやってくれそうだね」

その時だった。人々が引き寄せられるようにロビーに殺到し、備えつけの電信受信機から尋常ならざるニュースを報じる紙テープが打ち出された。

「北部にクーデター勃発、シスルベリーがエジンバラ城占拠。政府の海軍増強なければ内戦の恐れ」

ベルタルビットはてんやわんやのどさくさで若い友人を見失った。午後のあらかたを費やして公爵が行きそうな場所を尋ね回る途中で、夕刊各紙のセンセーショナルな号外がウェストエンドじゅうにずらりと貼り出されているのを見かけた。「バーデン‐バーデン将軍がボーイスカウトを動員、再クーデターの恐れ。ウインザー城は無事か?」これは早い時間に貼られ、その後はさらに陰惨さを増した内容がおいおい掲示された。「クリケット選手権英‐豪国際戦延期か?」この心穏やかではいられない疑問はロンドン大衆に事態の深刻さをわからせ、政党政治のおかげでとんだツケを払わされるのではないかという懸念を抱かせた。ベルタルビットは騒動の元凶を何とか見つけようと尋ね回った。なんとなくだが、公爵なら天使でなく人間として事態を収拾できるのではないかと思ったのだ。そのさなかにひょっこり出くわした同じクラブの老人は、相場変動の激しい市場証券の銘柄にかなり手を出しているという。憤慨で青ざめたその顔は、新聞売りの若造が号外を持って息せき切って駆け抜けていくとさらに青ざめた。「首相選挙区がスコットランド愛国義賊モストラッパー党に急襲される。暴徒たちにハルフォアが激励メッセージを打電。レッチワース田園都市に報復措置の危機、外国人居住者たちは各大使館やナショナル・リベラル・クラブに避難」

「悪魔の仕業だ！」老人がそう怒った。

そうではない、とベルタルビットにはわかっていた。

セント・ジェイムズ街の奥へ行くと、ペルメル街から到着したばかりの新聞販売車に人々が群がり、にぎやかに話し合っていた。ベルタルビットはその午後初めて、安堵の声と、ああ、よかったという言葉を聞いた。

販売車のプラカードに、こんな嬉しい言葉が書かれていた。「危機終息。政府が譲歩。海軍軍備の主要増強が決定」

そうなると、なにもあわてて間違いを犯した公爵を探すまでもなさそうだったので、ベルタルビットはセント・ジェイムズ公園を抜けて戻ろうとした。何か遠く離れたあたりで騒ぎが起きているのに気づき、なんとなく自分とかかわりあると察知したのは、その午後ずっと不安と逸脱の連続になじんできた勘が働いたおかげだった。市街は動乱騒ぎ一色だったにもかかわらず、湖水公園の岸辺で起きた悲劇を見届けようと、かなりの人が集まってきていた。このところ凶暴になっていた大きな黒鳥が水辺を歩いていた若い紳士にいきなり襲いかかり、水中にひきずりこんで、助けるまもなく溺れさせてしまった。ベルタルビットがそこへ到着した時点では、公園番が数人がかりでその紳士のなきがらをボートへ引き揚げにかかっていた。溺死現場のそばに落ちていた帽子を、ベルタルビットはかがんで拾い上げた。おしゃれなソフト帽には、ウビガンの残り香がかすかにした。

ベルタルビットがひどい神経衰弱から何とか立ち直り、また政界のできごとに目を向けるゆとりができるまで一ヵ月以上かかった。国会では議員たちが相変わらず火花を散らしてやり合い、総選挙が間近に迫っている。朝刊をまとめて取り寄せて大蔵大臣クインストンほか主要閣僚の演説、つづいて対立政党の領袖たちの政見にも手早く目を通すと、ほっと安心してまた椅子に沈み込んだ。どうやら術者を襲った悲劇のあとで呪文は解けたらしい。記事内容には、天使らしさのかけらもなかった。

(“Ministers of Grace”)

グロービー・リングトンの変貌

「人は伴侶とする生き物でわかる」

義姉の屋敷でモーニングルームに通されたグロービー・リングトンは、中年過ぎの男らしく手持ちぶさたをもてあましぎみにしながら、分刻みで時がたつのをもじもじとやり過ごしていた。あと十五分もすればこのうちを辞去し、甥や姪の何人かに送られて村の芝地のむこうにある駅へ出ていく。およそ気のいい人物だったので、表向きは亡兄ウィリアムの未亡人や遺児たちと定期的に会うのを楽しみにするふりをしていたが、本音はほとんど交流のない身内への訪問など気疲れするのがオチ、それよりは本やオウムを相手に自分の家屋敷や庭で気がねなくのんびりしたほうがよほどありがたいと思っていた。たまに親戚へちょっと列車を使って行くのは良心がとがめるからではない。いっそうしつこく代役を迫る兄ジョン大佐の良心におとなしく従うからだった。かねがね、ジョン大佐にはウィリアムの遺族をないがしろにしてはいかんと責め立てられている。

だからふだんはそんな身内がいることさえ忘れているか、なおざりにしているのに、近く大佐がやってくるというとあたふた数マイル先の田舎へ詣で、若い甥姪たちと久しぶりに会ったり、ややぎこちないとはいえ義姉の暮らしぶりを親身に気遣い、ひととおりの義理を果たしてくるのがいつものことだった。ただ、このたびはジョン大佐の到着時刻とお義理詣での時間のおさまりが悪くて、兄が来るまでに自宅へ帰れそうになかったが、まあとにかく義理は果たした。あと六、七ヵ月は家族付き合いの祭壇へのんきな生活や気遣いといった犠牲を捧げる必要はない。そんな思いに弾む足どりで室内を回り、手当たり次第に目についたあれこれを手にとってみては、鳥がよくやるように目を凝らしてほんのちょっと検分した。

ところが、とりとめない浮かれ気分が怒りへときつく舵《かじ》を切った。甥の落書き帳をのぞいたら、自分とペットのオウムがおたがいまじめくさった顔で向き合う図のスケッチが出てきたのだ。思わず笑いが出るほどしかつめらしい顔同士が手加減なく似せてあり、なかなかのお手並みだった。彼とオウムの類似点がこれでもかというほど強調されている。最初は思い切りまごついたものの、やがてグロービーは穏やかに悪意のない笑い声をあげ、なかなかよく描けていると内心認めた。それからまたしても根強い怒りがむらむらとこみあげた。が、ペンとインクで思う通りを絵にした風刺画家に対してではない。おそらく風刺が図星で刺したとおぼしい実態に対する怒りである。ペットの動物と飼い主は時とともに似てくるというが、本当にそうなのだろうか。あのしかつめらしい滑稽な鳥とずっと一緒にいるおかげで、知らぬまにどんどんそっくりになってしまうのか？　にぎやかにおしゃべりする甥や姪に送られて駅に向かいながらも、グロービーはいつになく黙りこみ、短い列車移動のさなかも自分がオウムっぽくなってきたという確信が頭の中でふくらむ一方だった。結局のところ、自分の毎日は庭、果樹園、芝生に出た椅子、書斎の暖炉脇といった場所をかわるがわるぶらついたり、つっついたり、止まったりといった動作の繰り返しではないか？　それに、近所の人たちと行き会った時の会話をひっくるめてみればどうなる？「うららかな春のお日和になりましたね」「どうも雨になりそうな雲行きですなあ」「またお目にかかれてよかった、くれぐれもお体をいたわってくださいよ」「いやあ、若い人はあっという間に大きくなりますねえ」などなど、どれもこれも間抜けで当たり障りのないことを思いつくまま口にしたというだけで、人間らしい知性から出た精神性などかけらもなく、オウムのそらごとに過ぎない。知り合い相手に、「ポリーちゃんかわいいねえ、ほらニャンコだねえ、ニャーニャー！」などと言っているのと変わりないではないか。甥のスケッチで初めて気づかされた間抜けオウムと自分のそっくりさんぶりに腹が立ち、考えるうちに面白くもないことがあれやこれやと浮かんできて、さらに自分を責め立てる。

「あんな嫌な鳥、処分してしまおう」恨みがましくそう言った。と同時に、絶対そんなことをしないのも自分で承知していた。あれだけ長年一緒にいたオウムだ、いきなりもらい手を見つけようなんて、いまさらばかげている。

「兄さんはお着きか？」小馬の馬車で迎えにきた馬丁の少年に尋ねた。

「へい旦那、二時十五分の便でお着きになりました、あと、オウム死にましたよ」あとのは、この階級が災難を報告する時ならではの、さもうれしそうな口調で言われた。

「オウムが死んだ？」グロービーが言った。「どういうわけで？」

「ウッキーっすね」と、あっさり言われた。

「ウッキー？」グロービーが聞き返した。「いったいなんだそりゃ？」

「ウッキーっす、大佐が持ってこられたんで」と、かなり意外な返事をよこした。

「兄が病気だとでも？」グロービーが尋ねた。「何かうつる病気か？」

「大佐はピンピンしとられるっす」若造からはそれ以上の説明がなかったので、グロービーは家に戻るまでずっと狐につままれたようだった。兄は応接間の手前で待ち構えていた。

「オウムの話はもう聞いたか？」すぐ尋ねられた。「いやあ、すまんすまん、まったく申し訳ない。おまえをびっくりさせようと猿を連れてきたんだがね、オウムがそいつを見たとたん、『ばかはおよしなさい！』とかぎゃあぎゃあ騒ぎ始め、あの腐れ猿めがぱっと飛びついて首をつかむや、おもちゃのガラガラみたいに振り回しおったんだ。あのちび乞食の手から取り上げた時には、マトンの冷肉みたいに冷たくなっておったよ。あの猿もなあ、いつもはいたっておとなしいやつなもんだから、そんなひどい悪さをしでかそうなんて思いもよらなかった。もう詫びの言葉もないが、もちろんあの猿なんか、もう見るのも嫌だろうな」

「そんなことないですよ」グロービーは心から言った。これが数時間前に降りかかった悲劇であれば、まさに災難だっただろう。だが、こうしてみると、かえってもっけの幸いといえるほどだ。

「あの鳥はかなり老いぼれてましたからね」長年のペットを悼む気持ちを明らかに欠いた口調で続けた。「実を言うと、あのまま老いさらばえて生き続けるのもどんなものかと思い始めていたんです。おや、ずいぶんかわいい猿だなあ！」下手人とご対面して、そう声をかけた。

新しく来たのは西半球生まれの小さなオナガザルで、もじもじした大人しい甘えん坊ぶりで、たちまちグロービーに取り入った。だが、猿の性質研究家なら、たまにちらつく赤い眼光の底に、あれだけのことをしでかすに足る癇癪ぐせを見分けたかもしれない。使用人一同は死んだオウムを家族と認めていたし、いたって手のかからない生き物だったので、ひどいことをしでかした闖入者が名誉あるペットの地位に取って代わったのをけしからんと思った。

「あのいやらしい異教野郎のウッキーめ、ポリーちゃんみたいにおりこうで楽しいおしゃべりなんかできやしないくせに」と、台所ではさんざんな言われようだった。

オウムが悲劇的最期をとげたジョン大佐の訪問から数えて十二ヵ月から十四ヵ月ほどした日曜の午前中、グロービー・リングトンの信徒席の真ん前で、ミス・ウェプリーはお行儀よく席についていた。この辺で彼女はわりあい新参者なので、すぐ後ろの信徒仲間と個人的付き合いはなく、この二年間ほどは日曜午前中の礼拝でのぎこちない目礼のみにとどめていた。そういう間柄なので、答唱のときグロービーにところどころ読み違いがあってもミス・ウェプリーはことさら聞きとがめたりせず、同じく些細なことだが、彼女がすぐ横に祈禱書とハンカチ、まず出番はないが万が一に備えて咳止め菱形ドロップの小さな紙袋を常備しているのをグロービーのほうでも承知していた。この日曜の午前中、彼女が一本調子のテナーであげる祈りはいつになくその咳止め菓子に乱され、個人的には咳の発作を止めるよりはるかに気が散ったのだった。第一答唱を歌おうと起立した時、すぐ後ろの信徒席に一人でいる隣人の手が、自分の座席の紙包みへさっと伸びるのが見えたような気がした。それでおやっと振り向けば包みは消え失せていたものの、リングトン氏は涼しい顔で一心不乱に賛美歌の本を見ている。盗難をこうむったご婦人がいくら不審の眼で睨んでも、相手の顔に悪びれたそぶりはなかった。

「その先がひどいんですよ」驚き呆れる友人知人に、あとから事情を話した。「膝をついて祈ろうとする矢先にあの咳止め、あたくしの咳止めですよ、それが信徒席へ飛んできて、すぐ鼻先に落ちるんですもの。びっくりして睨みつけたんですけど、リングトンさんは目をつぶって唇を動かして、一心不乱にお祈りしてるみたいなんです。それでこちらもまた礼拝に向いたとたん、また咳止めでしょう。しかももうひとつ、さらに追っかけてまたもうひとつ。それでしばらく知らん顔してやって、いきなりぱっと振り向きましたらね、ちょうどまた一つ投げようとしているじゃありませんか。あちらはあわてて賛美歌のページを繰るふりをしてましたけどね、今度はごまかせません。ばれたのがわかってからは投げてきませんでした。もちろん、あたくし席を替えたわ」

「まさか、いい齢《とし》した男の方がそんなみっともないまねをなさるなんて」と聞き手の一人が言った。「しかもリングトンさんは皆さんからそれは一目置かれた方ですよ。その方が、そんなわんぱくの小学生みたいなまねをなさるのねえ」

「ほんとに猿みたいね」とはミス・ウェプリーである。

時を同じくして、その悪評はまったく別の筋からもあがった。グロービー・リングトンは下の者の目から見ても格別立派というわけではなかったが、死んだオウム同様に優しくて気さくであまり手のかからない主人としてけっこう受けがよかった。だが、この数ヵ月というもの、主人のそんな美点はいっさい鳴りをひそめていた。いの一番にオウムの死を知らせたあのがさつな馬丁がまっさきに口を開いて、ぼそりと困ったもんだとぼやいたのを皮切りに不満があっという間にひろがり、主人への反感がかなり根強くなった。馬丁は蒸し暑い盛夏になったら、果樹園にあるそこそこの大きさの池で水浴びしてもいいと許可をもらっていたが、ある午後、グロービーが寄り道してその辺をうろついていたら、あの若造の怒声にまじって猿の甲高い声を聞きつけた。それで行ってみると、かんかんに怒った馬丁がパンツ一丁と靴下だけのぽっちゃりした裸になって、りんごの木の低い枝に腰かけた猿にすごい勢いでまくしたてていた。猿はあとの衣類一式をかっぱらって手の届かないところへ逃げ、上の空でいじくっているところだった。

「あのウッキーに服とられましたあ」見ればわかることをわざわざ口に出す者にありがちだが、馬丁は勢いこんでそう泣きついてきた。あられもない格好で恥ずかしいには恥ずかしいのだが、グロービーに来てもらえてやれ助かった、これで取られた衣服を取り返す物心両面の支援が受けられるだろうと元気づいたわけである。猿の方は生意気をやめ、飼い主にちょっと言われれば奪った物を返すのもやぶさかでないとでもいうふうに、しおらしくしている。

「抱えあげてやるから」グロービーがそう持ちかけた。「手をのばして服を取りなさい」

承知した少年の腰をがっちりつかみ、さも抱えあげてやるふりで地面から足を浮かせた。それから器用に弾みをつけてイラクサの大きな藪にどさりと投げ入れ、全身を痛痒いイラクサまみれにした。ひどい目に遭わされた方は、感情を抑えるたしなみをしつける学校に通うような生まれ育ちではないので――野生の狐に急所を噛まれでもしたら、すぐさま手近な狩猟委員会へ苦情に駆けこむタイプだ。だからこの場合、痛みと怒りと驚きに任せてとんでもない大声をあげ、気がすむまでわめき続けた。が、その声にもましてはっきり聞こえたのは、樹上の憎たらしい猿が勝ち誇ってはしゃぐ声と、けたけた高笑いするグロービーの声だった。

「あいつらどっちもウッキーだよ、間違いねえって」と、ぶつくさ怒ること。手厳しかったにせよ、少なくとも相当憤慨するだけのことはあった。

それから一、二週間後、今度は客間女中《パーラーメイド》が泣くほど怯えてしまった。カツレツのできが悪いといって、主人が大爆発したのだ。「あたしに歯ぎしりしながら言うんですよ、ほんとです」同情した台所の一同にそう訴えた。

「あたしにそんな口のきき方してみな、思い知らせてやるからね」コックは啖呵を切ったものの、それからは目立ってていねいな仕事をするようになった。

グロービー・リングトンがいつもの暮らしを離れ、ハウスパーティのお泊まりに行く機会はめったになかったが、ある時ミセス・グレンダフの屋敷におよばれしてみたら、あてがわれた寝室は母屋のはずれにあとからくっつけたジョージアン様式の脇棟で、少なからずむっとした。しかも、隣の客室は著名ピアニストのレナード・スパビンクだ。

「リストをお弾きになるところなんか、まるで天使みたいよ」などと、女主人が熱く応援してやまない人物である。

「古狸みたいに弾こうが知ったこっちゃないが」グロービーは思った。「絶対にいびきをかくぞ、賭けてもいい。タヌキっぽい体つきからいっても、いかにもいびきをかきそうなやつだ。あんなぺらっぺらの板壁越しにいびきの音を聞かされてみろ、ひと悶着あるぞ」

はたしてスパビンクはいびきをかき、ひと悶着あった。

グロービーは二分十五秒ほど仁王立ちの後、廊下づたいにスパビンクの部屋へ行った。そして手荒くゆり起こすと、でっぷり太ったピアニストは直立を仕込まれたアイスクリームのように、はっとベッドに起き上がった。そこをグロービーにさらに何度もゆすぶられたピアニストはいたく自尊心を傷つけられ、一方的に責め立てる手を腹立ち気味にぴしゃりとやった。すぐさま次の瞬間にスパビンクは首を絞められて危うく息を止められかけ、手際よく枕カバーをすっぽり頭にかぶせられて息をふさがれ、パジャマ姿のどてっとした体をベッドから放り出され、さんざんに打擲され、つねられ、蹴られ、何度もあちこちドシドシぶつけられて部屋の向こうにある浅い浴槽へ引ったてられた。なにぶん水深がまるで足りなかったが、グロービーは懸命に相手を溺れさせようとした。しばらくはまっくらだった。グロービーが持って行った蠟燭は乱闘の早い段階でひっくり返り、またたく光は浴槽まで届かなかったのだ。なので浴槽際の攻防はもっぱら跳ねる水音、ぴしゃりと叩く音、口を押さえられながらの怒声、不明瞭な怒り声、猿が怒ってしゃべるような声などの気配で知れた。片方の優勢で終始した争いだったが、やがて明るい炎に照らされた。カーテンに火がついて、たちまち壁板まで燃え広がったのだ。

泊まり客一同あわてて起き出し、先を争って芝生へ避難した。ジョージアン様式の棟は盛大に煙をたてて燃えさかっていたが、しばらくしてグロービーが溺れかけたピアニストを抱えて出てきた。溺死させるなら、ゆるやかな芝生を降りたところにある池のほうが好都合だと思いついたらしい。ひんやりした夜気にあたって怒りがおさまったところへ、何も知らない客たちから口々にレナード・スパビンクを勇敢に助け出したと褒めそやされ、とっさに濡れた布を頭にかぶせて煙による窒息を防ぐなんて実に冷静沈着だと声を大にしてたたえられた。グロービーはその成り行きを受け入れると、ベッド脇に火のついた蠟燭をひっくり返して眠り込んでいたピアニストを見つけたが、なにぶん火の回りが速くてと、さも本当らしく説明した。スパビンクはスパビンクで、真夜中に叩き起こされ、ぶん殴られ、水浸しにされたショックから数日していくらか立ち直ったところで、自分なりに起きたままを説明した。が、聞かされた相手の反応がいずれも優しい憐れみの微笑だったり、どっちつかずでお茶を濁されたりして世間の評判は意のままにならないと思い知らされ、それきり口をつぐんだ。ただし、王立人道協会がグロービーに人命救助メダルを授与する式典への列席は辞退した。

ちょうどこの頃、グロービーの猿が病気にかかって死んだ。寒い北国の気候になじめないとよくそうなる。猿に死なれた飼い主はがっくりし、近年の活力はとうとう戻らずじまいだった。そしてつい先ごろからジョン大佐が持ってきてくれた亀を飼い始め、かつての元気はどこへやら、芝生や菜園をのそのそとうろつくようになった。甥や姪たちの進呈した、「お年寄りのグロービーおじちゃん」という名も、それはそれでうなずける姿であった。

(The Remoulding of Groby Livingston)

「名画の背景」初出はレスター・マガジン、「バスタブル夫人の逃げ足」初出はデイリーメール、「ミセス・パクルタイドの虎」「花鎖の歌」「和平に捧ぐ」「フィルボイド・スタッジ」「閣僚の品格」（簡略版）初出はバイスタンダー、それ以外の収録作品はウェストミンスター・ガゼット初出である。（ただし「丘の上の音楽」「聖ヴェスパルース伝」「セプティマス・ブロープの秘めごと」「グロービー・リングトンの変貌」「乳搾り場への道」には掲載歴なし）以上各紙・各誌の編集諸子には、ごていねいに再掲許可をいただいた件を多とするものである。

訳者あとがき――血と死と骨と

和爾桃子

硬骨で風変わりな血筋

一八七二年、英国デヴォン州。

ビルマ警察の監察官チャールズ・A・マンローの妻が夫の家へ里帰り中に、暴れ牛の角に突かれて流産のあげく出血多量で死亡し、遺児三名はそのまま父方の祖母と二人のおばにひきとられた。ビルマで生まれた末っ子のヘクター・ヒュー、のちのサキはまだ二歳だった。

マンロー一族は英領インドに代々かかわり、将官も出した由緒正しい軍人家系だっただけに、よろずにつけ厳格で、ことに『スレドニ・ヴァシュタール』のミセス・デ・ロップの原型とも言われるおばのオーガスタは幼子に厳しすぎたようだ。なぜか動物による惨死がつきまとう家でもあり、母以外にも曾祖父の兄が、インドで軍務中に虎に食われてむざんに命を落としている。

しばしば猛獣や惨死に彩られるサキ作品世界の原点として、伝記 *The Unbearable Saki* ではこのふたつの死を冒頭にあげ、不吉な死と厳格な家風の落とす影こそが終生続いたサキの呪縛だった、と述べている。

もっとも執筆上はどちらかというとプラスに働いたようで、前者の影は生々流転を平然と受け止めるインドの風土と結びついて独自のドライな虚無感を生み、後者で培った、鋭い観察眼に基づく反骨精神が、孤独な子供を主人公にした短篇群や、毒のきいた政治風刺作品へと結実した。

異境を巡り、異境に消える

が、ひとまずそれはさておき、かれの歩みを駆け足で見ていこう。

成人すると父にならってインド警察に入り、ビルマに駐留するも、マラリアにかかってわずか二年で退職。帰国後はジャーナリストに転身、歴史書一冊のほか、政治風刺を主とした「ウェストミンスター・ガゼット校の新人」時代を経て一九〇二年から一九〇八年まで海外特派員記者としてバルカン・東欧・ロシア・パリへ赴く。のちの短篇にいかんなく活用された多彩な海外ネタは、若き日に父とともに世界一周旅行した経験、ビルマの警察時代、そしてこの時期の見聞に基づくものだ。

帰国後、執筆に専念した一九一四年までが作家サキの黄金期だろう。戯曲や長篇小説もいちおう手がけてはいるが、かれの真味はやはり短篇にある。O・ヘンリーと並ぶ短篇作家の双璧とされ、ミルンはもちろん、グレアム・グリーン、P・G・ウッドハウスがこぞって絶賛する作品はすべてこの時期に生みだされた。なかでも代表作が本書『クローヴィス物語』（一九一一）と、*Beasts and Super-Beasts*（一九一四）とされている。

「向かうところ敵なし」の作家活動は一八九九年から一九一四年まで、わずか十五年に過ぎない。

Penguin Books の *The Complete Saki* に収録されているのは短篇集六冊、中長篇三冊、戯曲三冊であり、そのほかにH・H・M名義の処女作 *Dogged*（一八九九）、初期の政治風刺 *The Woman Who Never Should*（一九〇二）、*The East Wing*（一九一四）、歴史書 *The Rise of the Russian Empire*（一九〇〇）などがある。

平均すればだいたい年一冊の執筆ペースだが、先に述べたように代表作のほとんどは最後の五年間に集中している。サキは盛りを迎えた作家生活をそこで打ち切り、既に兵役年齢から外れた四十三歳だったにもかかわらず、志願兵として第一次世界大戦に出征した。

理由は、わからない。おそらくはゲイだったせいで私生活の葛藤があったのではないか、あるいは遺作となった長篇 *When William Came* で描いたように祖国へ迫る独軍への危機感を募らせたあまりか、本書の『イースターエッグ』さながら軍人の血が騒いだのか。

いずれの理由にせよ、かれはフランスの戦場で散った。血まみれの死ふたつに彩られた生を自らの血で幕引きし、同時代のアンブローズ・ビアスほど謎めかさないかわりに、同じく骨も墓も残さなかった。

自筆遺稿や書簡は姉エセルの手でことごとく廃棄され、今後、未発表作品が発見される可能性はゼロではないまでも極めて薄い。惜しくないと言えば嘘になるが、フランス語で血まみれを意味するサングレールと、残虐淫乱の気風で名高かったフランス・メロヴィング朝の創始者クローヴィス王の名をいただく変人トリックスターを生んだ作家にふさわしい人間消失トリックかもしれない。死に場所がフランスであったのもまた、なにがしかの因縁めいたものを感じる。

死の直前の言葉は"Put that bloody cigarette out!"（その煙草を消せ！）と伝えられる。やはり、bloody＝血からは終生逃れられなかったのだ。

本家より、他者による選集のほうが有名

ともあれ、変わり者のサキは日本でもいささか風変わりな扱いを受けてきた。

欧米で高く評価されながら、日本で未紹介の作家は古今に珍しくない。が、教科書や短篇傑作選にも必ず名を連ねる定番作家のオリジナル短篇集が一冊も紹介されてこなかったケースは、英米クラシックではたぶんサキぐらいだろう。

原因はいくつか考えられる。作品によっては英国人以外に伝わりにくいものもむろんあるし、作品そのものの質や、時代の嗜好もある。まえがきでミルンが述べたようにしめくくりの出来がばらついたり、毒の強弱で好みが分かれたりするのも一因だ。

しかしながら、最大の理由は、同じくまえがきの言葉を借りれば「自分ひとりの胸にしまっておきたい」魅力のなせるわざではないだろうか。

短篇の選球眼や並び順を変えただけで、サキは皮肉のきいた英国上流コメディ作家にも、不条理作家にも、怪奇作家にも、変幻自在に化ける幅と奥行きを備えている。そこがどうも名だたる目利きを刺激して、「自分だけのサキ決定版」を編んでやろうという気にさせてしまうらしい。

先行邦訳を手がけられた中村能三氏もその一人に数えるべきだろうし、グレアム・グリーンは自身の序文をつけた選集を一九六八年に上梓している。後年の版にはさらにドイツ語の選集のために描かれたエドワード・ゴーリーの挿絵を加え、通好みを三乗した強烈な一冊ができあがった。本書にもその挿絵の一部を再録している。

サキの死後五十年くらいはこうした目利き選者の短篇集が世界中で流行し、グレアム・グリーンによる選集も大いに読まれた。日本でも主要短篇はそうやってあらかた出尽くした感がある。

ここらで原点に立ち返り、作者自身の編んだ短篇集という形で読んでみるのも悪くないだろう。

補足説明など

本書『クローヴィス物語』では、英国称号の訳出に一定のルールを設けた。

まず、女性は、⑴爵位貴族の息女、⑵結婚によりレディの称号を得た者、⑶それ以外、に大別される。⑴は必ずファーストネームに、⑵は姓にレディの称号がつく。したがって⑴はそのままレディ・〇〇、⑵のレディは夫人と訳し、それ以外はミセス、ミス、おばちゃんとした。男性は場合に応じて爵位またはサー・◎◎、ミスターは氏、さん、などとしている。

特筆すべき本書の趣向のひとつとして、サキが得意とした政治風刺短篇も二篇入っている。『和平に捧ぐ』は、ギリシア勢が敵をあざむくためにトロイアの木馬につけた献辞をタイトルに冠している。クローヴィスや男爵夫人にならって、イーリアスやオデュッセイアの故事を各自ひもといていただければ、思わずニヤリとなさるはずだ。

本邦初訳となる『閣僚の品格』、タイトルは説明不要だろう。一党優勢時代の日本人にはあまりピンとこなかったネタだが、今となっては百年前に書かれたとは思えない切れ味をご堪能あれ。

この二篇に限らず、サキの風刺はどれもたしかな観察眼とウィットに富んだ知性に裏打ちされ、時事や当時の事物について説明を要する場合もあるが、ほとんどの作品の鋭さはみじんも衰えず、むしろ今だからこそ読んでいただきたいものが多い。ほんものの風刺はおいそれと劣化しないというお手本だろうか。それとも、人間の愚行はいつの時代もおよそ変わりばえしないという証左なのか。判断は読者各位に委ねたい。

それと、『スレドニ・ヴァシュタール』の神名の由来についても少し触れておきたい。

南インド出身の友人アヌラダ・マニカンダン氏によれば、「スレドニ」という言葉はおそらく現代インド諸語に残るサンスクリット語源の単語「sri シュリー（大いなる）」と「dhuni ドゥニ（聖火あるいは神火）」をつないだ造語であろうとのこと。

物語では子供の思いつきによるでたらめという設定だが、作者のことだからわざと語尾や接続部分を乱して、うろ覚えでいつかどこかで聞いたことのある語を、自己の発明と勘違いして転用した感じを演出したというふうにもとれる。

たとえそうでなくともスペルでごらんのように、ヨーロッパ人による中国語やインド諸語のアルファベット表記は曖昧というかちょっといいかげんで、いちおうの表記基準はあるものの人によって多少違い、iがeになったり、気息音hを省略することはちょいちょいある。

また、サラスヴァティ・ジーヴァナム氏によれば発音にも南北差があり、北部インドはシュリー、南インドではスリーだという。サキがいたのは北部の植民地政府だが、既訳とのかねあいで今回は南の発音を採用した。

いっぽう、ヴァシュタールは古代ペルシア語で「輝く者」。旧約聖書エステル記にも同語源の女性名「ヴァシュティ」がちょっとだけ顔を出す。中世以降のペルシア語はムガール帝国経由でインドにも受け継がれた。作者の名前もペルシア語が由来とされているので、まんざらなじみがないわけではない。

早い話が、イタチの大神さまの名はインド諸語・ペルシア語ちゃんぽんの可能性が濃い。在インドの英国政府関係者なら、どの言葉にも接する機会は充分にあり、さらに和訳すれば「赫々たる聖火の大神」となって物語内容にも合致する。

あくまで推測だし、サキの手稿はさきに述べたようにすべて処分されてしまったので、物証はない。しかしながら状況を考え合わせれば蓋然性は高いと思う。

知恵を貸してくれた友人両氏にも、マニー氏はじめインド伝統文化コミュニティ諸氏にも、お力添えに心より御礼申し上げる。

ここでヨーロッパ系の言語へ目を移すと、いちばん強烈な名はむろん主役のクローヴィスだが、サキの皮肉がいちばん利いた命名には『丘の上の音楽』の女主人公名を個人的に推したい。ラテン語で「森の精」をあらわすシルウィアを男性形に直せば森の神シルウァヌス、古代ローマでは牧神と同一視された。ギリシア語に直せばパンだ。

今の欧州では古典教育がすたれ、こんな洒落はいささか伝わりにくいかもしれない。しかしながら、こうした名前を目にしただけで笑みのこぼれる読者がサキの時代にはまだまだ多かった。そういう読者向けに、目立たない細部に至るまで凝り過ぎるくらい趣向を凝らし、あとは黙ってニヤニヤしているのがサキの流儀だった。まさに「わかる人だけわかってください」というわけだ。

こんなひねくれたサキを訳したいという三十年来の（大それた）念願を叶えてくださった、白水社および藤原編集室そして読者諸賢の各位にあらためて深謝を捧げたい。

最後に、著書リストを付して小文のしめくくりとする。

1 The Rise of the Russian Empire (1900)　歴史書
2 The Westminster Alice (1902)　政治風刺集
3 Reginald (1904)　短篇集
4 Reginald in Russia (1910)　短篇集
5 The Chronicles of Clovis (1911)　短篇集。本書『クローヴィス物語』
6 The Unbearable Bassington (1912)　長篇小説
7 When William Came (1913)　長篇小説。絶筆
8 Beasts and Super-Beasts (1914)　短篇集

没後出版

9　The Toys of Peace (1919)　短篇集

10　The Square Egg and Other Sketches (1924)　短篇集

＊1929年版より、戯曲 The Death-Trap および Karl-Ludwig's Window 収録

11　The Miracle-Merchant (1934)　戯曲

伝記は三冊ある。

The Biography of Saki (Pseudonym of H. H. Munro)

＊姉エセルによる子供時代の回想。サキの遺稿等を廃棄後に書かれ、The Square Egg and Other Sketches にも収録された。

Saki: Life of Hector Hugh Munro (1982)

The Unbearable Saki: The Work of H. H. Munro (2007)

二〇一五年　サキの祥月命日に

本書はSaki, *The Chronicles of Clovis*（1911）の完訳です。エドワード・ゴーリーの挿絵はサキのドイツ語訳選集 *Die offene Tür und andere Erzählungen*（Diogenes, Zürich, 1964）のために描かれ、*The Unrest Cure And Other Stories*（The New York Review of Books, 2013）に再録されたものです。

——編集部

著者紹介

サキ　Saki

本名ヘクター・ヒュー・マンロー。1870年、英領ビルマ（現ミャンマー）で生まれる。父親はインド帝国警察の監察官。幼くして母を亡くし、英国デヴォン州で祖母と二人のおばに育てられる。父親と同じインド警察勤務の後、文筆家を志し、1902年から1908年まで新聞の特派記者としてバルカン半島、ワルシャワ、ロシア、パリなど欧州各地に赴任。記者の仕事の傍ら、辛辣な諷刺とウィットに富んだ短篇小説を「サキ」の筆名で新聞に発表。『ロシアのレジナルド』（1910）、『クローヴィス物語』（11）、『けだものと超けだもの』（14）などの作品集で短篇の名手と評される。第一次世界大戦が勃発すると志願兵として出征し、1916年、フランス戦線で戦死した。没後まとめられた短篇集に『平和的玩具』（19）、『四角い卵』（24）がある。

訳者略歴

和爾桃子（わに・ももこ）

英米文学翻訳家。訳書にロバート・ファン・ヒューリックの〈狄（ディー）判事シリーズ〉全訳（早川書房）のほか、ジョン・ディクスン・カー『夜歩く』『蠟人形館の殺人』（創元推理文庫）、ジェイソン・グッドウィン『イスタンブールの群狼』、ポール・ドハティ『教会の悪魔』（以上早川書房）ジョン・コリア『ナツメグの味』（共訳、河出書房新社）などがある。

編集＝藤原編集室

白水uブックス　199

クローヴィス物語

著　者　サキ
訳者©　和爾桃子
発行者　及川直志
発行所　株式会社 白水社
東京都千代田区神田小川町 3-24
振替　00190-5-33228　〒 101-0052
電話（03）3291-7811（営業部）
（03）3291-7821（編集部）
http://www.hakusuisha.co.jp

2015 年 4 月 20 日第 1 刷発行
2016 年 2 月 10 日第 4 刷発行
本文印刷　株式会社精興社
表紙印刷　三陽クリエイティヴ
製　　本　加瀬製本
Printed in Japan

ISBN978-4-560-07199-1

乱丁・落丁本は送料小社負担にてお取り替えいたします。

白水uブックス

海外小説 永遠の本棚

けだものと超けだもの

サキ
和爾桃子訳

諷刺とユーモア満載、サキの人間動物園。名作「開けっぱなしの窓」「お話上手」他、軽妙な話術とウィットが冴えわたるサキの名短篇集を初の全訳。挿絵エドワード・ゴーリー。

スウィム・トゥー・バーズにて

フラン・オブライエン
大澤正佳訳

のらくら者の主人公が執筆中の小説の主人公もまた作家であり、彼が作中で創造した人物たちはやがて作者の意思に逆らって勝手に動き始める。実験小説と奇想が交錯する豊饒な文学空間。

ピンフォールドの試練

イーヴリン・ウォー
吉田健一訳

転地療養の船旅に出た作家ピンフォールドは、出所不明の騒々しい音楽や怪しげな会話に悩まされる。次々に攻撃や悪戯を仕掛ける幻の声と対峙する小説家の苦闘を描く異色ユーモア小説。

ある青春

パトリック・モディアノ
野村圭介訳

さようなら、シトロエンDS19！ パリのサン・ラザール駅で出会った恋人同士は、十代最後の日々、夢を追いつつ「大人の事情」に転がされていたが……。ノーベル文学賞作家による青春小説。

裏面 ある幻想的な物語

アルフレート・クビーン
吉村博次、土肥美夫訳

大富豪パテラが中央アジアに建設した〈夢の国〉に招かれた画家夫妻は、奇妙な都に住む奇妙な人々と出会う。やがて次々に街を襲う恐るべき災厄とグロテスクな終末の地獄図。挿絵多数。

白水uブックス